春《はる》疾風《はやて》

見届け人秋月伊織事件帖【二】

藤原緋沙子

JN229595

コスミック・時代文庫

この作品は二〇〇六年三月に刊行された『春疾風　見届け人秋月伊織事件帖』（講談社文庫）を底本としています。

目次

第一話　寒《かん》紅《べに》

一

『三百石竹本安芸守《たけもとあきのかみ》、泊番にて部屋の廊下に出で、己が服を着かえ切腹せらる。いまだ息あれば、頭取衆にしかじかの事言い置きて、さて水を呑みて死す。此人《このひと》の弟は養子に行かれしが、養方にて妾ありて美なり。奥方に毒をすすめしとか言事にて、座敷牢に入置しが、牢を破りて御老中酒井若狭守《さかいわかさのかみ》殿へ駆込致してその事をいいしかば……』

だるま屋吉蔵《きちぞう》は、そこまで書いて筆を止めた。

ふーっと大きな息を吐く。

この話は、妻に毒を盛ったとかいう事で座敷牢に入れられていた養子に行った弟と、その兄竹本安芸守の話である。

竹本の弟は、件《くだん》の騒ぎで座敷牢に押し込められていたのだが、そこを抜け出し御老中に駆け込んだ。しかし結局揚げ屋に入れられ、その後病死、家禄《かろく》五百石の家は断絶したのである。

兄の竹本安芸守が自害した理由は、弟の養家断絶の折、三代将軍から賜《たまわ》っていた御朱印状紛失が発覚し、兄はその責任をとって勤務明けの城中で切腹したということらしい。

――気の毒という他ない……。

この寒空に暗い話だと、吉蔵は机にしている素麺《そうめん》箱の側に置いてある湯飲み茶碗を取った。

これには酒が入っている。

ごくりと喉に流して、吉蔵は御成道《おなりみち》の左右に目をやった。

――寒中もあと数日と思えるのだが、今朝は殊《こと》の外《ほか》寒く、大路のその先も、まわりの旅籠町《はたごちょう》の家並みもけぶったように白く見える。

長年この路上に莚《むしろ》を敷いて座っているが、朝白くけぶる日は寒いと決まっている。

吉蔵は三十年近くここに座っていて、ありとあらゆる出来事を記してきているが、さすがに寄る年波には勝てず、暑さ寒さが身に堪えるようになった。

「お藤《ふじ》……文七《ぶんしち》……」

吉蔵は体をねじって後ろを向くと、古本写本『だるま屋』の暖簾《のれん》の中を覗くようにして、二人の名を呼んだ。

店の中には、店を切り盛りしてくれている姪《めい》っ子のお藤と、たった一人の奉公人、手代の文七がいる筈《はず》だった。

「おじさま、少し冷えるでしょ」

お藤は、腕に綿入れのはんてんと、襟《えり》巻きを抱えて出てきた。

吉蔵は、綿入れの着物に綿入れの袖無し羽織をひっかけて、膝元にはあんかを抱えている。

むろん夏には綿を抜いた着物と羽織を着用するが、冬の頃になり、だるまのように太った吉蔵が綿入れを重ねて着ると、これはもう、本当のだるまの体《てい》である。

「襟巻きだけでいい。酒があるからな」

吉蔵は、酒の入ったとっくりを振った。

「お酒に頼っては駄目だって言ってるのに……」

お藤は、母親のように小言を言いながら、吉蔵の首に後ろから襟巻きを巻いた。

その時である。

店の前に、二十歳になるかならないぐらいの若い娘が立った。

「あの、おじさんがだるまさんですか」

娘は、人懐こい笑顔で言った。

「はい、私は吉蔵といいます。娘さんは……」

吉蔵は、娘を見上げるように見て、

「何か、ご用ですかな」

「お話があるのです。面白いというか、気味が悪いというか……」

「ほう……まっ、そこにお座り下さい」

吉蔵は莚をさして、薄い座布団をそこに敷いた。

座布団は、お藤が客のために縫ったものである。

「どうぞ、今熱いお茶を淹《い》れてきますから」

お藤は娘に言い、店の中に消えた。

「さて、娘さん、まず、あんたの名と住まいをお聞きしたいのだが……」

吉蔵は、娘が座るのを待って聞いた。

「私、お波《なみ》といいます」

「はい、お波さんね」

「両国橋《りょうごくばし》の西袂《たもと》で店を開いている『錦団子《にしきだんご》』の売り子です。住まいは米沢町《よねざわちょう》の裏《うら》店《だな》です」

「それで、どんな話ですかな」

「しくしくと泣くお地蔵さんがいます」

「ほう……面白そうな話じゃないか。いったい、どこにあるお地蔵さんだね」

「お話ししてもいいんですが、その前に……」

お波は、おそるおそる掌《てのひら》を突き出した。

「なんだね」

「お金が欲しいんです。ですから、その話、一両で売ります」

緩《ゆる》んでいた吉蔵の頬が瞬く間に固くなった。

「娘さん、そういうことなら、お話は結構です。お帰り下さい」

にべもない返事をして、吉蔵は大きな目玉で上目づかいに、お波を見た。

吉蔵のところには、さまざまな人種が、さまざまな情報を持って来る。

吉蔵はそういった情報を記録して、また一方でその情報を欲しがっている者に売るのが商売である。

確かな情報だと判断し、記録に留めた場合は謝礼をはずむ。気前よくはずむ。だが、目の前にいるお波のように、金のやりとりを前提に情報を買うことは、いっさい我が身に禁じてきた。

一度それを許せば、やがては情報の入手に『曇り』が生じることを、金の魔力を知っている吉蔵だからこそ恐れている。

情報の確かさにおいては、吉蔵は見届け人を三人も使って調べていて、後世に残す記録として、恥ずかしくないものをと、その姿勢を崩したことはない。

「うむ」

吉蔵はしかし、目の前の娘に、そんな自分の信念を大上段に振りかざすのも大人気ないとも思い、

「まっ、悪く思わんでくれ。うちはそういう心得の人の話には、応じないことになっております」

「じゃ、二分でいいからさ」

「…………」

吉蔵は横を向いて、先程の書き物の続きを書き始めた。

「おじさま、どうかしたんですか」

お茶を運んできたお藤が、怪訝《けげん》そうな顔をして言った。

「娘さん、お茶を飲んだら、帰るんですな」

「もう……だったら一朱でいいからさ」

「いい加減にしなさい。聞き分けの悪い人だね。金額の多寡《たか》がどうのという問題じゃないんだよ」

吉蔵は、動かざること山のごとしである。

「ケチ……よっぽど頭が固いんだね。おじさん、いや、おじいさん。私が小娘だと思って馬鹿にしてるんだね」

お波は舌打ちして立ち上がると、姉御のように着物の裾をひらりとめくり上げた。男ならさしずめ、ケツをまくったということだろうか。

しかしお波には、いかにも不釣り合いなしぐさに見えた。

どこかで覚えた光景を、見よう見まねでやったという感じだったのである。

「悪く思わないでね、おじさまは、相手があなただからみくびっているという訳ではないんだから」

お藤が言った。

「だったら……だったら、助けると思ってお願いします。嘘っぱちの話じゃないんですから。私、私どうしてもお金がいるんです」

お波は、お藤にすがるようにして膝をついた。

吉蔵は黙って、よっこらしょと腰を上げた。

相手が動かないのなら、こっちが店の奥に引っ込むぞと、そんな様子が吉蔵の体からは窺《うかが》えた。

するとお波も突然立ち上がった。泣きそうな顔をしてぎゅっと睨むと、くるりと背を向け、地を鳴らすようにして駆け走り去った。

「何なんだ、あの娘は……」

秋月伊織《あきづきいおり》と一緒にやって来た土屋弦之助《つちやげんのすけ》が、憤然とした足取りで帰って行くお波の背を見送りながら呟《つぶや》いた。

二人とも吉蔵が情報の見届けを頼んでいる武士である。

見届け人の中核になっているのが秋月伊織で、御目付秋月隼人正《はやとのしょう》忠朗《ただあきら》の実弟である。

一方の土屋弦之助は無頼《ぶらい》の浪人で、あと一人の見届け人として、岡っ引あがりの長吉《ちょうきち》がいる。

「おじさまも、融通がきかないひとですから……」

お藤が、ちらりと吉蔵を見て、お波とのやりとりを二人に話すと、

「困ったもんだな、欲の皮のつっぱった今時の若い者は」

弦之助は一刀のもとに切り捨てたが、伊織はお波が向かいの町の横町に消えるまでじっと姿を追っていた。

「浅はかな思いつきにかられてここにやって来た娘だと、私も冷たく追い返しましたが、あの様子では余程の事情があったのかもしれませんな」

小娘を相手に本気で気色ばんだことをきまり悪く思ったのか、

「伊織様、いかがでしょうか。見届けて頂けませんか。地蔵の話も捨てがたい……」

吉蔵はちらりと見て言った。

「止めとけ、止めとけ。すすり泣く地蔵だと？　……どうせ、風の音か何かを泣き声と錯覚したのだ。そんな話で一両もせしめようというなど、呆《あき》れた娘だ」

弦之助は吐き捨てるように言った。だが伊織は、

「吉蔵、あの娘は両国の錦団子の売り子だと言ったな」

吉蔵にそう念を押すと、だるま屋を後にした。

「お波ちゃんですか。今さっき、厚田《あつた》様とおっしゃるご浪人と、ほら、そこの両国稲荷《いなり》に行きましたよ」

錦団子『松屋《まつや》』のおかみは、赤や黄や緑の団子を台の上に並べながら伊織に言った。

「厚田様とは、お波の縁者か」

「私は恩人だと聞いていますよ。お波ちゃんが昔お国で助けて貰ったんだって」

「国はどこだ」

「播磨国小原《はりまのくにおばら》藩だと聞いています」

「そうか……手間をとらせた、すまぬな」

伊織は踵《きびす》を返すと、両国橋の西袂にある稲荷の境内《けいだい》に入った。

入り口からは二人の姿は見えなかったが、社《やしろ》に近づいた時、社の裏手から話し声が聞こえて来た。

伊織は横手からそっと回って垣間見た。

無数に蕾《つぼみ》をつけた梅の木の下で、お波は二十五、六歳と思える浪人と向かいあって立っていた。

お波は必死の顔で、厚田に告げる。

「せっかくお店に立ち寄って下さったのに、申し訳ありません。でも淳一郎《じゅんいちろう》様、明日はきっとなんとかしますから、もう少し待って下さい」

「いや、もういいんだお波。私は初手からお前の手を煩《わずら》わせようなんて思ってはいなかったのだ。ついぽろっとな、懐かしい人にこの江戸で会って気を緩めてしまった。私がつまらぬことを言ったばかりに、お前にこんな心配をかけて、すまなかった」

「何をおっしゃるのですか。私がいまこうしていられるのも、みな淳一郎様のおかげです」

「そんなことはない。お前は何も悪いことはしていなかったんだから。私があの時お節介を焼かなくても、いずれ罪のないことはわかった筈《はず》だ」

「いいえ、淳一郎様は私の恩人です。大勢の人の前で泥棒よばわりされて私は困っていました。あの時淳一郎様が通りかからなかったら、私はどのような目に遭っていたかしれません。それを思うと、故郷から遠く離れたこの広いお江戸で、淳一郎様にばったりお会いするなんて、きっと神様が昔のご恩を少しでもお返しをするようにと、お導き下さったのだと思います。団子屋の売り子では、たいしたお役には立ちませんが、それでも、少しでもお役に立ちたい、そういう私の気持ちもおわかり下さいませ」

「しかし、これ以上お前に迷惑はかけられぬ」

「でも、このままだと、淳一郎様はお金をとったとして牢屋に入れられます。そうしたら、死罪か遠島です。そんなことになったら私、生きてはいられません」

「馬鹿なことを……お前はこたびのことには何の関係もない人間だが、私は罪を問われても仕方がない身の上だ。覚悟は出来ている」

「いやいや、嫌です。このお波のためにも、どうか諦めるようなことはおっしゃらないで下さいませ。生きていれば、またいつか藩に戻れるかもしれません」

「それはない……」

淳一郎は、苦しげな表情で言った。

「もう私は一生浪人だ」

「またそんな事をおっしゃって……あの時、私が助けていただいた時、泣いていた私に淳一郎様はなんとおっしゃいましたか。こんなことでくじけてはいけない、そうおっしゃったではありませんか」

お波は泣き声になっていた。

懸命に兄を諭《さと》す妹か、あるいは恋人のようにも見えた。お波の真剣さは、聞き耳をたてている伊織の胸にも響いてきた。

——吉蔵に情報を売ろうとしたのは、この男を救いたいためだったのだ。

切羽詰まった事情を抱えていたのだと、伊織はお波をいじらしい娘だと思った。

「もういいんだ。放っておいてくれ」

しかし、淳一郎はお波を突き放すような言い方をして、足早に境内から出て行った。

伊織は去っていく男の横顔を間近に見た。彫りの深い、端整な顔立ちの男だった。

「淳一郎様……」

お波は、顔を覆《おお》ってそこにしゃがむと、声を殺して泣いていた。

「お波といったな、お前は……」

伊織は、お波がひとしきり泣き、そして涙を拭き終わるのを待って近づいた。

「俺はだるま屋の者で見届け人の秋月伊織という。お波、地蔵の話を聞かせてくれぬか」

「………」

「気を悪くしたのか……しかし、あれが親父さんの一貫した姿勢だ。不正があってはならないからだ。悪気はない」

だるま屋と聞いたお波は怨《うら》めしげな眼で立ち上がった。

「もういいんです」

お波は捨て鉢に言った。

「まあ待て、その親父さんがお前を気にしてな、俺をここに寄越したのだ」

伊織はお波の掌に、懐紙の包みを置いた。

「これは？」

「例外中の例外だが、先に謝礼を渡してやってほしいと、まあ、そういう訳だ。普通は俺たちが話を見届けたところで礼はするのだ。だが、お前の様子が尋常ではなかった。それを親父さんは案じてな、受け取れ」

「本当によろしいのですか」

お波の顔には、ひとつの救いを見つけたという喜びが見えた。

「だるま屋の親父さんが、そう言ったのだ。それで俺が後を追って来た」

「助かります。ありがとうございます」

お波は両手で懐紙を包むと、神妙に頭を下げた。

「それで……すすり泣く地蔵はどこにあるのだ」

「亀井町《かめいちょう》の甚兵衛《じんべえ》橋ちかくの土手にある地蔵堂です」

「甚兵衛橋か……神田堀《かんだぼり》にかかっている橋だな」

「はい。私、お団子を配達するのに近道をしていました。神田堀の土手の道を伝って歩けば早いものですから、そうしていました。そしたら、三日前の夕刻、暗くなった道を急いでいた時、その地蔵堂のお地蔵さんが泣く声を聞いたんです」

「聞いたのは一度だけかな」

「二回聞きました」

「ほう……」

「二度目は、お団子屋の仕事が終わってから、淳一郎様に煮売りのおかずを届けに行った時です」

お波は、ちょっぴり、恥ずかしそうな顔をした。

煮売りのおかずは、さまざまな種類を、この両国の西袂で手に入れることが出来る。賑やかな場所のためか、十数軒も煮売りの店はあった。夕刻になると、少し値引きしてくれるから、お波はそれを買って淳一郎に届けようとしたのであった。

「ふむ。先程の浪人のことだな」

「はい」

「聞くとはなしに、話は聞かせて貰った。なにやら気の毒な事情を抱えているらしいな」

「あの、秋月様。あのお方をお助け頂けないでしょうか。どうか、淳一郎様を助けてあげて下さいませ」

「まあ待て、詳しい事情も聞かぬうちに、軽々しい返事は出来ぬ」

「私がお聞きした話では、淳一郎様は日本橋の筆屋『福田屋《ふくだや》』さんから預かった十両のお金をなくしたのだそうでございます」

「十両……なんのための金だったのだ」

「淳一郎様は筆づくりを内職にしています。さる大家のお嬢様がお嫁入りされるのに大小揃った筆が欲しいと福田屋さんに注文してきたのだそうでございます。福田屋さんは、それなら淳一郎様にお願いした方がいいと思ったらしくて、お客様から前金で頂いた材料費を淳一郎様に渡されたのです。なくしたのはそのお金です。ところが、途方にくれている時に、突然注文主から、筆は知り合いの人がお祝いに下さることになった、だからあのお金は返却してほしいと言ってきたらしいんです」

「町方に届けたのか」

「いえ、それは……そんな事をしたら、なくしたことが表沙汰になって、お金を盗ったなどと疑われたら大変なことになります」

「しかし妙な話だな」

お波の話には、正直納得しかねるところがあった。

だがお波は、

「お願いします。淳一郎様をお助け下さいませ。住まいの裏店は、お地蔵様がある近くの町です」

先程伊織が渡した懐紙の包みを押し返してきた。

「これは秋月様から、淳一郎様にお渡し下さいませ」

と言う。

――真実お波の言う通りの男なのか……。

もしも騙《だま》されているのなら目の前のお波が哀れだと、ふと伊織は思った。

「お波、淳一郎殿のこと、地蔵堂の近くというなら一度俺が立ち寄っても良いが、この金はお前の手から渡しなさい」

「秋月様……淳一郎様は、年下の、女の、しかも町人の私からお渡ししようとしても、きっと受け取っては頂けないと存じます。秋月様からよしなに、お願いします」

お波は切ない目で見返した。

二

「おい、伊織、あれだ、あの地蔵堂のことじゃないか」

土屋弦之助は、青白い顔を伊織に向けて、二十坪程の広場の片隅に建つ御堂を顎《あご》で指した。

弦之助の顔が青白く見えるのは、月明かりのせいである。

「みろ。俺の言った通りじゃないか」

弦之助は、広場を取り巻くように生えている竹の群れを見た。

「まっ、とにかく調べてみるか」

伊織は弦之助と肩を並べて御堂に向かった。

足の裏に柔らかい感触を覚えるのは、春間近で芽吹き始めた茅《かや》の芽や雑草のせいだと思った。

二人は静かに歩を進めた。

すすり泣く地蔵などどうせ騙《かた》りに違いないと馬鹿にしていた弦之助が同道しているのは、夕暮れを待つために立ち寄った居酒屋『らくらく亭』で、偶然弦之助に会ったからである。

らくらく亭は、もう一人の見届け人、三年前まで岡っ引だった長吉の女房おときがやっている店である。

伊織が暖簾をくぐると、

「あら、伊織様、土屋の旦那もおみえなんですよ」

おときが笑顔で、ちらと店の奥を差した。

弦之助はもう一刻も飲んでいるのだといい、伊織が夜を待って地蔵のすすり泣きを確かめに行くつもりだと話すと、それなら俺も行くと言い出したのだった。

長吉はというと、おときの話では、ここ数日夜半にならないと家には帰ってこないらしい。

「長吉は、何を調べているのだ」

酔眼を見開いて、弦之助がおときに聞くと、

「北町の蜂谷《はちや》様が参りまして、少し手伝ってほしいとおっしゃるものですから

……なんでも、賭博の罪で所払いになった弥太郎《やたろう》とかいう人が、江戸に舞い戻っているとかで、その人を探すために手を貸しているようですよ」

おときは、途中から声を潜めて二人に告げた。

蜂谷というのは、昔長吉が手札を貰っていた北町の同心で、蜂谷鉄三郎《てつさぶろう》のことである。

「なんだあいつは、だるま屋の人間だろう」

弦之助は、おときが向こうに行くとぶつくさ言ったが、盃を重ねながら伊織からお波と厚田淳一郎の話を聞くと、興味はそちらに傾いたらしく、伊織と一緒に地蔵を見に行くと言い出したのだった。

「ははん、この地蔵だな」

弦之助は、小さな堂の中に立っている地蔵を、まじまじと見た。

堂といっても、一体の地蔵が雨露をしのぐだけの簡素なもので、地蔵の背に合わせて作られているから、大人の胸ほどの高さである。

「泣いていたら、涙の跡がある筈じゃないか……どこも変わった様子はないぞ」

伊織は弦之助の呟きを聞きながら、堂の裏手に回った。

誰かが踏みつけたような跡はあったが、しかし月明かりでは判然とはしない。

「何か見つかったか」

弦之助が聞いてきた。

「いや……」

二人は離れた場所で、しばらく地蔵堂の様子を窺ったが、竹の葉が風に擦れ合う音の他は、何も聞こえてこなかった。

「これだからな。だから俺は言ったんだ」

弦之助が言った。

「いや、あのお波という娘は、嘘がつける人間ではない」

伊織は庇《かば》った。


「これをお波が私に？」

厚田淳一郎は、あがり框《かまち》に懐紙の包みを置いた伊織をいぶかしい目で見返した。

奥の畳の部屋には木箱が置いてあり、その上に作りかけの筆があるのが、淡い行灯《あんどん》の光に照らされて見えた。

しかし筆作りは中断して、夜食のかわりに安酒を飲んでいたらしく、赤茶けた畳の上には、とっくりと茶碗が置いてあった。

お波の話が本当なら、内職をするどころではない筈だ。途方にくれて酒に力を借りていたのかもしれぬ。

「いや、驚くのも無理はないが……」

伊織は名を名乗り、見届け人だと身分を明かし、お波に金を頼まれて来た経緯《いきさつ》をかいつまんで話してやった。

「そうでしたか、しかしこれは受け取れませぬ。お波にお返しくだされ。その心だけで十分だと……」

「お波は納得するかな。おぬしはお波の恩人だというではないか。その恩を返したい、お波はそう言っているのだ」

「恩人だなどと、大した話ではないのです。三年前に私は国で寺社奉行配下の同心としてつとめておりました。町に出ました折に、時々立ち寄る茶屋の奉公人のお波が、紅屋の前で詰問されていたんです。寒紅を盗った盗らないなどと……。それで私が中に入ったのですが、蛤《はまぐり》貝に入った一番上等の紅が、一つ足りないのだと店の者は言ったのです。これからこの娘を番屋に突き出すのだと……」

お波は、白粉《おしろい》やら刷毛《はけ》などの代金は支払っていた。

しかし店の者は、いや、値の張る紅だけは万引きして帯の中に隠しているに違いない、帯を解いてみせろなどと手厳しい。

　街中での大勢の人の前である。

　お波はとうとう泣き出した。

　淳一郎は、店の者に問い詰めた。

「お前の言う通り、帯まで解いてこの娘の体を調べ、もし、紅が出てこなかった時には、お前を町奉行所に渡すが、それでもよいな。それとも……その代金は私が払う。それでこの騒ぎは終《しま》いにしろ」

　淳一郎のこの一言で、お波は助かった。

「お波とは、それだけの仲でござる」

　淳一郎は、つつっと紙包みを、伊織の方に突き返した。

「しかし、厚田殿、紛失した十両だが、穴埋め出来る当てはござるのか」

「いえ……」

「ふむ。ならば聞くが、俺がお波の話を聞いたところでは、どうにも腑《ふ》に落ちぬところがある。どこでなくしたのか、なぜ町方に届け出ないのかと……」

　伊織は、きらりと淳一郎を見た。

「お波はな、おぬしが日本橋の福田屋から預かった金十両を、ねこばばしたなどと町方に聞こえたら、おぬしが罪人になると恐れている。もしも裁きを受けるような事態となったら、自分は生きてはいけないとまで言っていたではないか」

「………………」

「お波の心に嘘はない。おぬしを心底案じているのだ……本気だぞ、お波は」

「………………」

「おぬしの力になってくれと、縋《すが》らんばかりにして俺に頼んだお波の心を、それでもおぬしは突き返すのか」

膝小僧をつかまえて俯《うつむ》いている淳一郎の顔が歪《ゆが》んだ。

伊織は、畳み込むように言った。

「本当に十両はなくしたのか、厚田殿……もしも何かの事情があるのなら教えてくれぬか。けっして誰にも言わぬ」

「秋月殿……」

伊織の言葉ひとつひとつに、逡巡《しゅんじゅん》していたかに見えた淳一郎が、意を決した様に言った。

「実は、十両の金は紛失したのではないのです」

「何……」

伊織は驚いた。

「貴様、あの娘に嘘をついたのか」

黙って聞いていた弦之助も、怒りの声を上げた。

「騙したのではない。武家の世間をるると述べてもお波にはわからぬと思っただけです。それに、不覚にも金が手元に無いことだけは本当です」

「なぜ無いのだ。話してくれるな、厚田殿」

伊織は厚田の眼をじっと見た。

「わかりました。初対面のお二人に、我が身のうちを話すのは恥ではござるが、私もお波に心配をかけた責任があります。なぜ私が金を紛失したなどとお波に告げたか、その経緯をお話しします」

淳一郎は心を決めた眼を向けた。

話は三年前にさかのぼる。

播磨国小原藩では、それ以前より密かに藩を二分する抗争が行われていたが、藩の財政が窮乏《きゅうぼう》したことで一気に表面化した。

赤字を、どうやって埋めて行くか……。

藩主多田《ただ》勝永《かつなが》が帰国したことで、連日重役たちは協議を重ねていた。

しかし、良い案も浮かばず、万策尽きたかと思われた時、執政田村右京《たむらうきょう》が、江戸表での経費節約を藩主の勝永に願い出た。

入って来る額が増えないのなら、出費を減らすしかない。その出費も江戸の御殿の暮らしをまず節約してほしいと……誰も言い出せなかった事を進言したのである。

勝永は激怒した。

一番信頼していた田村が、自分に矛先を向けたと思ったのだろう。

即刻田村は蟄居《ちっきょ》、代わって執政となったのが、桑山甚兵衛《くわやまじんべえ》だった。

ところがこの桑山は、藩主勝永を促して、徹底して田村派を弾劾《だんがい》したのである。

淳一郎たちを束ねていた寺社奉行の永田半蔵《ながたはんぞう》も田村一派だったために、役を解かれ、禄《ろく》の半分を召し上げられ、おまけに辺境の地に家族ともども追いやられた。

寺社方の与力同心も例外ではなかった。

田村の一味として、総勢十名が藩を首になり、放逐《ほうちく》されたのである。

「つまり私もそのひとりという訳です」

淳一郎は苦悶の表情を見せ、溜め息をつくと話を継いだ。

「この時、なんらかの形で処分された者は三十数名、召し上げた禄の額は二千両近くにもなったと聞いております。小さな藩です。この額は馬鹿になりません。藩は藩士を処分することによって、財政の危機を逃れました」

「………」

「それで私は、母を縁戚に預けてこの江戸に参ったのです……どこかに仕官が出来ればと思っていたのですが……」

「まっ、無理だろうな。今時仕官の口など、どこにも無い」

弦之助が悔しそうに言う。

「母への仕送りもあります。私は筆作りで暮らしをたてるようになりました。昔とった杵柄と申しましょうか、書の師匠が筆のなりたちから教えるような人でしたから、それが役に立ちました。日本橋の福田屋から十両の金を預かったのは十日ほど前のことでした。お聞きになったと思いますが、婚礼のための筆をつくれという注文でした……」

筆には絵師などが使う絵筆と、書家が使う書筆とがあるが、嫁入るひとは、絵も嗜《たしな》むらしく、絵筆と書筆を揃えたいと言ったらしい。

絵筆と書筆は、材料も工法も同じではなく、高級品としての材料を揃えるのもたいへんな手間がかかる。

ただ、それだけにやりがいはあった。

筆の本数にしても、二十本余を注文されたのである。

十両の金は、材料を仕入れるための手付けではあるが、品物が完成すれば、思ってもみなかった大金が手に入る。

淳一郎の心は躍った。

注文を受けての帰り、淳一郎は今川橋袂の縄暖簾に入った。

腹を満たし、祝いの酒の一杯もやろうと思ったのだ。

ところがそこで、食い逃げをしそこねて、店の者に打擲《ちょうちゃく》されている浪人を見た。

浪人もああなってはお終いだなと、憐憫《れんびん》の情で見ていた淳一郎は、

「許してくれ、すまぬ」

店の者に叫びながら顔を上げて平謝りする浪人を見て仰天した。

かつての直属の上役、与力だった栗原平助《くりはらへいすけ》その人だったのである。

配下の者たちに手厳しい態度をみせていたあの栗原が、薄汚れた着物をまとい、物貰いのように謝っている。

栗原も処分を受けた一人だったが、あまりの変わりように昔を忍ぶ影もない。

正視できなかった。

武士の情け、知らぬ顔をして外に出ようと思ったその時、淳一郎の背に、

「おお、厚田ではないか。助けてくれ。頼む、助けてくれ」

栗原が這ってきて、取りすがった。

「栗原様……」

淳一郎は胸が詰まって、片膝ついて栗原の手を握った。

「厚田……」

「栗原様……」

二人は手をとりあって泣いたのである。

「秋月殿……」

淳一郎はそこまで話すと、

「私は栗原様を、近くの蕎麦《そば》屋に案内しました。多少懐もあたたかかったものですから……ところがそこで、金の無心をされまして……」

伊織は険しい顔で見返した。

「そうか……しかし、十両そっくりというのではあるまい」

「そっくりです」

「何……」

伊織は目を丸くして、弦之助と見合わせた。

「栗原様はわが子を養子に出し、夫婦で江戸に出て来たのだと申されまして……」

ところが妻が病に倒れていくばくもない命となった。借金もあり薬も買えないと言い、

「一生に一度の頼みだ、助けてくれ。妻の死を見届けたら、金はこの腰の刀を売り、妻のかんざしや着物を売り、きっと返す」

栗原は、淳一郎に土下座したのである。

衆人の目の前である。

かつての上役に冷たい態度がとれる筈もない。

当座はいくら必要なのかと聞いた淳一郎に、栗原は借金薬代合わせて十三両はいるのだと言った。

「十三両……」

淳一郎には途方にくれる金額だった。

――ここにある金は、人の金だ。

懐に手をやって苦しげな表情をみせる淳一郎に、

「五両でもいい、いや、一両でもいい」

縋って来る栗原を、醜いと思った程だ。

だが淳一郎は、栗原の話を蹴ることが出来なかった。

「この金は、筆の材料を買わなければならない金です。必ず返していただけますか」

金を渡して念を押した。

「むろんだ。妻の死を見届けたら、きっと……」

栗原は、自分は本所の横網町の裏店に住んでいると言い、約束は守ると金打《きんちょう》してみせたのである。

軽々しく金打したことで、淳一郎はかえって不安になった。

その不安を確かめることになったのは、突然福田屋から、あの話は反故《ほご》になったから金は返してほしいと言ってきたことによる。

金は、相手の返済を待つどころか、即刻返却しなければならなくなったのである。

仕入れにすでに使っていて、預かった額をそっくり返すのは無理だというのなら言い訳もきく。だが、昔の上役に貸したとあっては、これは横領である。

慌てて栗原の長屋を訪ねた淳一郎は、もっとびっくりする現実を突きつけられた。

栗原の家は、もぬけの殻だった。

淳一郎が金を渡してまもなくのこと、栗原は妻を連れて家を出て行ったというのである。

その妻は確かに重い病にかかっていたらしく、家を出る時には、町駕籠《かご》を雇っていることはわかったが、行き先については長屋の者たちにも知らされてはいなかった。

「騙されたのか……」

淳一郎は叫びたい気分だった。

不安と苦悩と失望に襲われて回向院《えこういん》に参ったのだが、その帰りに思いがけずお波に会ったのである。

「怒りに湯気が立っている時に国の人にあったのです。つい、十両の金をなくしてしまったと話しました。ただ、落ちぶれた上役の話は出来ぬ。漠《ばく》とした言い方をしました。お波に詳しい話をしなかったのは、そういう事です」

淳一郎は話し終えると、改めて伊織を見た。

「いっそ、福田屋に話してみたらどうだ」

伊織が言ったが、

「私の腑甲斐無さを笑われるのはいい。だが、昔の上役を咎人《とがにん》にすることになります」

淳一郎は苦痛の顔で言う。

「騙りじゃないか。おぬしは、いつまで上役だなんだと考えているのだ。今はその、栗原某《なにがし》を見つけ出して、十両を取り戻すことだけを考えろ」

弦之助は、苛立《いらだ》ちを隠せない。自分と同じ浪人が嵌《は》まった事件と思えば、一層の腹立ちもあるようだった。

「たとえ栗原様を見つけたとしても、あの金をまだ持っているなどとは考えられぬ。いざという時には、私が覚悟するしかないのです」

淳一郎は、唇を嚙んだ。

三

「あの、秋月様でございましたね」

伊織が、両国橋にある錦団子『松屋』の暖簾をくぐると、団子を並べてある棚の向こうから、慌てておかみが飛び出して来た。

「何かあったのか」

「どうもこうも、今からだるま屋さんにひとっ走りしてくれるように、店の誰かに頼もうかと思っていたところでした。お波ちゃんがね、この店を覗いた一見《いちげん》のお客さんと妙なことになってしまって」

「妙なことになったとは……まさか男と女の」

「そのまさかなんですよ。何を考えているんでしょうね。こともあろうにこの店先で、何やらひそひそやっていたと思ったら、お波ちゃんは男を誘ったんですよ」

「まったく、馬鹿なことを……で、お波はどこにいる」

「私の止めるのも聞かずに、その男と、その両国橋渡って、向こう岸に行きました」

「場所は……行った店の名は聞いてはいないのか」

「手代の吉之助《きちのすけ》に後をつけさせました。戻ってくれれば、どこに行ったかわかります」

おかみは、おろおろして、両国橋を窺うのである。

どうやらおかみの話では、一見の客というのは上方からやってきた中年の商人のようだったという。

「ああ、吉之助が戻ってきました」

おかみは、橋の上を差した。

まもなく、二十歳そこその手代が駆け帰ってきた。

「おかみさん、お波ちゃんですが、元町の船宿『里村《さとむら》』に入って行きました」

「船宿って。ああ、なんてことを……秋月様」

「里村だな」

伊織は手代に念を押すと、表に飛び出した。

両国の橋を一気に渡りきろうとするが、この橋は長さが九十六間（約百七十五メートル）もある。おまけに人通りが多かった。

荒天の時とか降雪の折には閑散としているが、草が芽吹いてきて春の気配が感じられるようになると、幅四間の橋の上は混雑してくる。

伊織は、往来の人の間を縫うようにして橋を渡り、尾上《おのえ》町から元町に入って船宿里村の軒下に立った。

里村は、裏手が堅川に面していて、並びの宿の多くは小料理屋か船宿になっていた。

里村はその中でも小さな宿で、店の前は静かだった。

――さてどうするか……。

大事に至らないうちに、お波を呼び戻さなければならない。

伊織は少し考えた後、窮余《きゆうよ》の一策を案じ、店に入るや、出てきた番頭に告げた。

「先程ここに、若い娘と中年の商人が入ったと思うが、その娘をここに呼んできてくれ」

有無を言わさぬ口調で言った。

しかし敵もさる者、やんわりと断りを入れた。

「お武家様、申し訳ございませんが、そういうお使いは出来かねます。お察し頂けると存じますが……」

「娘の名はお波という。淳一郎に一大事だと言えばわかる」

「お武家様……」

迷惑げな顔で見上げた番頭を伊織は一喝した。

「人が、生きるか死ぬかの問題だ！　……いいかね、番頭、これ以上逆らうと、この店を潰すことになるぞ」

　ぐいと睨《にら》んだ。

「暫時《ざんじ》、暫時、お待ち下さいませ」

　番頭は大仰に両手を広げて頭を下げると、奥にすっ飛んで行った。

　まもなく階段を駆け降りる音がしたと思ったら、お波だった。

　お波は一瞬、戸惑いと恥じらいが綯《な》い交《ま》ぜになったような表情をしてみせたが、

「秋月様……」

　険しい伊織の顔を見て、棒立ちになった。


「嘘をついたのね、淳一郎様が一大事だなんて」

　お波は、伊織が誘った尾上町の蕎麦屋で、恨めしそうな顔をしてみせた。

　お波の前には蕎麦が置いてある。だがお波はそれには手をつけずに、伊織が手酌で呑んでいる銚子をひょいと取り上げると、近くの籠の中にあった湯飲み茶碗を取り、酒をなみなみと注いで、ぐいーっと呑んだ。

「おい、止めろ。何をするんだ」

　伊織は銚子をもぎ取ったが、銚子はもう空っぽだった。

「お前は、とんでもない事をする女だな、もっと賢い女かと思っていたぞ」

ほとほと呆れ顔である。

しかしお波は、酒のまわった舌で言ったのである。

「せっかく、いい客を見つけたのにさ。だって、一刻つき合えば三両も出してくれるって言ったんだから」

「団子屋のおかみも嘆いていたぞ。お前はいつからそんな人間になったんだと」

「………………」

「金のために男を誘うなどと、お前には似合わぬ」

「秋月様、他に方法があるのでしょうか、お金をつくる方法が……私、淳一郎様のために操を捨てることなんて、ちっとも嫌じゃない」

「馬鹿なことを言うものだな、お前は……淳一郎殿がこのことを知ったら、どれほど嘆くか……そうでなくても、お前に金の心配をかけてしまったことを悔いているのだ」

伊織は懐から、預かってきた懐紙に包んだあの金を出して置いた。

「これは……」

「受け取る訳にはいかぬとな……しまっておけ」

「いりません、いったんお渡ししたものを。町人だと思って、馬鹿にしないで下さい」

「お波……もう酔っ払ったのか」

唇を噛んで伊織をきっと見たお波の手に、伊織は兄のような口調で諫《いさ》めながら、懐紙の包みを握らせた。

そして、じっとお波の顔を見詰め返すと、

「いいか、お前の気持ちは十分に通じている。恩義は恩義として、もうすこし自分を大切にしろ」

「恩義だけじゃないんですから……」

小さな声でお波は言い、地団太を踏んだ。

「なに……」

お波は淳一郎を慕っている、そのことを言いたいのかと、お波の顔を窺うと、

「私、三年前に、取り返しのつかない過《あやま》ちを犯しています」

「紅の一件だな」

「はい。このお江戸で、浪人になった淳一郎様にお会いした時、ひょっとして、あの時の私の過ちが発覚し、責任をとらされたのじゃないかと思ったぐらいです」

「その話は淳一郎殿からも聞いたが、お前のせいとはどういうことだ」

「秋月様……私……本当は寒紅、盗っていたんです」

「何……」

伊織は、意外な話に目を剝《む》いた。

お波は、神妙な顔で話を継いだ。

「それを、通りかかった淳一郎様は、この娘は俺も知っている娘だが、そんなことをする人ではない、そうおっしゃって庇ってくださったばかりか、紅の代金まで支払って下さったんです。これで文句はなかろうと……」

「………」

「淳一郎様があの場所に現れなかったら、私、罪を認めていたかもしれません」

「本当かね」

「はい。私、淳一郎様のお姿を見た時、このお方の前では絶対紅を盗ったなんて言えないと思ったのです。私は盗ってないんだと、最後まで貫き通すしかないと、人にも自分にも嘘をつきました」

その時の紅がこれですと、お波は帯の間から小袋を出した。お守りのような小さな綺麗な袋だった。

その中から蛤の貝をそっと引き出すと、

「あの時の寒紅です。淳一郎様を騙したと思うと、とても使う気にはなれませんでした。この貝を、見るだけでも心が苦しくなりました」

お波は貝の蓋をとった。

少しひびが入ったような、乾いた感じはしていたが、それでもまだ、美しい紅の色を発していた。

「だって、私が悪いことをしたという証拠の品ですもの、この紅は……そして、淳一郎様の真心を頂いた紅でもありました。この紅を使えるのは、淳一郎様に本当のことを言って、謝って、許して頂いた時だと、あれ以来ずっと肌身離さず持っていたんです。でも、いまだに本当のことを言えずにいます」

お波は切ない吐息をふうっと吐くと、

「淳一郎様に嫌われたくない、私のこと、このまま信じていて貰いたい……ひどい女でしょ、私……ですからせめて、失ったお金のことで手助け出来ればと、そう思って……」

自身の中で揺れる思いを、お波は酒の力を借りて、一気に吐露したのであった。

どんなことをしても大金を作ろうとしたお波の心底はそこにあったのかと、伊織は自責の念に俯いたお波を見た。

「すると何だ、地蔵の話も出まかせなのか」

「違います」

お波は、きっとして顔を上げた。

「本当に泣き声を聞きました。私、あのことがあってから嘘をついたことはありません。もしも私の空耳というのなら、この一両はお返しします」

今度はお波は、まっすぐに見詰めてきた。

四

――あの時のお波の目に嘘はない。地蔵は泣いたのだ。

伊織が再び、あの地蔵堂の広場に立った時、

――泣き声だ……。

思わず息を詰めた。

しくしくと泣く声が、確かに地蔵堂の方から聞こえてきた。

伊織は、足音を忍ばせて、地蔵堂の前に立った。

耳を澄ませてみる。

にいちゃん……にいちゃん……。

——兄ちゃんと言っている……。

伊織は、地蔵堂の後ろに回った。

草の上にしゃがみ、背を丸めて泣いている者がいた。

「こんなところで何をしている」

「あっ」

顔を上げると同時に立ち上がったのは、十二、三歳の少年だった。

少年は何も言わずに逃げ出した。

「待ちなさい」

伊織の声にも少年は振り向きもせず、土手の道に向かった。

だが、その足がとまった。

前方に黒い影を見たのである。

少年はこちらを振り向いて、また前を向いた。観念したように立ち尽くした。

「弥吉《やきち》だね……」

影が近づいて来て、少年に声をかけた。

こくり……と、少年は怯《おび》えた様子で頷いた。

「安心しろ、お前をどうこうしようというのではない。聞きたいことがあるのだ」

声は、少年の警戒を解くように優しげであった。

「長吉か……」

伊織が驚いて近づくと、

「これは伊織の旦那」

長吉もまた驚いたようだった。

「どうしたのだ、お前もここの地蔵のすすり泣きを確かめにきたのか」

「いえ、あっしは、この子の後をつけて来たのでございやす」

「何……」

「実はこの子の兄は弥太郎ってんですがね。一年前に博打場で喧嘩をして相手に大けがを負わせやして、江戸所払いとなっている男でして……いや、それだけじゃねえ、これはその博打場の事件の一月ほど前に、深川の油問屋『山城屋《やましろや》』に押し込みが入りやして、百三十両余りの金がとられた事件がありやした。あっしは蜂谷の旦那に手伝って欲しいと言われて調べておりまして、三人のうちの一人は弥太郎じゃあねえかと目星をつけていたんでございやすよ」

「嘘だい。おいらの兄ちゃんはそんな悪いことなんてしねえ」

弥吉は、長吉が息継ぎをしたその隙に、兄をかばった。

「まっ、おめえがそう思うのは無理のねえところだがな」

長吉は弥吉を労《いたわ》るように言い、今度は伊織に、

「その弥太郎が、この江戸に舞い戻ったという一報が入りやして……あっしの昔の手蔓《てづる》からの知らせでございやすよ。江戸に戻ったとすれば、昔の仲間と会うにちげえねえ……あっしは網を張っておりやしたが、一向に姿を現さねえ。それで、弥太郎がこの江戸を出る時に、人知れず小僧にやった弟がいた事を思い出したんでございやすよ。それがこの弥吉なんですが、弥吉の奉公先が駿河《するが》町の小間物屋だとようやく探し当てて、それでここまでつけてきたんでございやす」

「すると、先程泣きながら呼んでいたのは、兄の弥太郎のことなのか……ん」

伊織は、しゃがみ込むと、弥吉の顔を窺った。

「やっぱりそうですかい。おい、弥吉坊、素直に話すんだぜ。兄の弥太郎はこの

江戸に帰ってきてるんだろ」

長吉も、かがみ込んで弥吉の両肩に手を置いた。

「………」

「弥吉、いいか。お前の兄ちゃんをお役人に渡そうなんて話じゃねえぞ。お前の兄ちゃんは悪い奴等と仲間だったかもしんねえが、所払いになった時、一文もそんな金は持たずに江戸を出てるんだ。それはわかっている。山城屋の金は兄ちゃんの仲間が握っていた。もう使っちまったかもしれねえ。そんな折、江戸に舞い戻り、もしも昔の仲間に金をよこせなどと言ったなら、ただではすまねえ。なにしろ奴等は、仲間が一人江戸所払いになったことを喜んでいた筈だ。兄ちゃんのことを思うのなら、今どこにいるのか教えてくれ。兄ちゃんに会って、仲間の名前を聞きたいんだ」

長吉は諭すように言った。

弥吉は、困った顔をして俯いていた。

「弥吉……」

長吉に肩を揺すられて、弥吉はとうとう泣き出してしまった。

「兄ちゃん……兄ちゃん」

「帰ってきているんだな」

弥吉は思わず頷いた。そして鼻にかかった弱々しい声で言った。

「帰って来るって知らせがあったんだ。ここで待てって」

弥吉は地蔵を差した。

月の光に照らされた地蔵堂は、不気味なほどひっそりと立っている。

「おっかさんが亡くなって、おとっつぁんが亡くなって、二人っきりになった時、ここから見える橋本町の裏店で、おいらと兄ちゃんは住んでいたんだ」

弥吉は懐かしそうに言い、伊織を見た。

「そうか、それでこの地蔵を知っていたのか」

「兄ちゃんが教えてくれたんだ。お地蔵さんは子どもを守ってくれるから、お前もようくお参りしろって……でも、兄ちゃんがおいらに教えてくれた理由は、それだけじゃなかったんだ」

「ほう……なんだね、それは」

伊織が弥吉の顔を覗くと、

「あのお地蔵さんの顔、死んだおっかさんにそっくりなんだ」

「そうか……おっかさんに似ているのか」

「だから、おいら、ここによく遊びに来てた。兄ちゃんも時々来てたんだ。兄ちゃんが所払いになった時、お別れの時も兄ちゃんは言ってたんだ。辛くなったら、寂しくなったら、お地蔵さんの顔を拝めって……」

弥吉は涙声になっている。

この世で二人っきりの兄とのやりとりが、母との思い出に重なったからに違いない。

「何日か前に、旅の人が兄ちゃんの言伝《ことづて》を持ってきてくれたんだ。その場所がこの地蔵さんだったんだ。だからおいらは、お店の番頭さんに断って、夕方からずっとここに来てたんだ。だけど、だけど兄ちゃんは……」

「来なかったんだな」

「いえ、来ています。おいらを待っていたんです」

「どうしてわかる。兄さんが来ないから泣いていたのではないのか」

「お武家様、おいら、地蔵堂の裏で兄ちゃんが持ってたお守りを拾ったんだ」

「何……そのお守りはどこにある」

伊織が尋ねると、弥吉は懐から錦の袋のお守りを出した。

「見せてもらってもいいかい」

長吉が手を出すと、

「いいけど、きっと返しておくれよ。これは兄ちゃんの形見だ。兄ちゃんは殺されているかもしれねえんだから」

などと言う。

「伊織様……」

長吉は、手にとったお守り袋を、伊織に手渡した。

「これは……」

お守り袋の紐が、ぶつりと切れていた。

長吉ははっとして、向こうに見える地蔵堂の付近を見た。

長吉の直感を代弁するように、弥吉が言った。

「親分さん、おいら、兄ちゃんがこの広場のどこかで、おいらに助けてくれって呼んでいるような気がするんだ。だからお地蔵さんに泣きながら頼んでいたんだ、兄ちゃんを返してくれって……」

「伊織様……」

長吉の眼が月夜に光った。

地蔵堂がある一帯が、北町奉行所の同心蜂谷鉄三郎の陣頭指揮で丹念に調べられたのは翌日のことだった。

弥吉の話から、弥太郎は地蔵堂の近くで予期せぬ災難に遭っているに違いないと考えたからである。

伊織と弦之助が地蔵堂の前に立った時には、蜂谷は小者に命じて裏手の薮を掘り起こしていた。

長吉も蜂谷の側で、腕を組んで掘り出される黒い土を見詰めていた。

「長吉……」

どうだ、何かわかったかというように、弦之助が長吉に声をかけると、側にいた蜂谷が、伊織と弦之助に目礼してきた。

蜂谷とは、昨年水死体のあがったある事件で会っている。

いや、それだけではなく、おそらく長吉が伊織たち見届け人のことは話しているに違いない。もの言わずとも、蜂谷のどことなく心を許した態度から窺い知れた。

今やだるま屋吉蔵のお記録は、幕府や藩の役人たち、それに商人たちには大切な情報源となっている。

反面、それだけの情報を集める手蔓も吉蔵は持っていて、吉蔵は知る人ぞ知る人物……伊織たちはその吉蔵の手足ともいうべき見届け人、奉行所の役人も一目おかずにはいられないのは間違いなかった。

「伊織様、ここだけ掘り起こした跡がありましてね。その上には朽ちかけた枯れ葉をかぶせてありやした。足で踏み込むと、あきらかに柔らかい。あっしの勘じゃあ間違いねえと、それでここを蜂谷の旦那にお願えして掘り起こして貰っているのですが……」

長吉の話を聞いている間にも、小者たちは黙々と土を掘り起こしていたが、まもなくざわめきが起こった。

「蜂谷様！」

小者の一人が、緊張した声を上げた。

「出たのか」

蜂谷が駆け寄った。

伊織も弦之助も駆け寄って、小者が指差す土の中を見た。

土の中に縦縞の着物が見えた。袖のようだった。

長吉は掘った穴の中に飛び込むと、まわりの土を手でもどかしそうに掻きのけた。

男の横顔が見えた。

乱れた黒髪が、蠟《ろう》人形のような頰にまつわりついている。

その黒髪を長吉は手で払うと、

「弥太郎だ……間違いねえ」

険しい声を上げた。

その時である。

「兄ちゃん……兄ちゃん！」

弥吉が走り込んで来た。

「弥吉！」

伊織が、弥吉の腕をつかまえて引き寄せた。

「兄ちゃんが……兄ちゃんが……」

弥吉はむせび泣きながら、伊織の胸にしがみついた。

「弥吉、兄ちゃんには後で会える。お前はいったん店に戻れ。そうだ、俺が送っていってやるぞ」

側にしゃがみ込んだ弦之助が言った。

弦之助には男児がいる。

その子と弥吉の姿がだぶったに違いない。いつもの弦之助らしからぬ優しい声だった。

だが、弥吉は、

「兄ちゃんは誰に殺されたんだ。おいら、兄ちゃんの敵を討つ」

弦之助を、きっと見上げる。

「安心しろ。お前の兄ちゃんを殺した奴には、きっと天罰が下る。俺が約束する。さあ……」

弦之助は、弥吉の腕を引っ張って引き寄せると、

「伊織……」

伊織に頷いて、弥吉を連れて帰って行った。

弥太郎の遺体が掘り起こされ、用意していた莚の上に寝かされたのはまもなくだった。

「刀傷だな」

蜂谷が、十手の先で弥太郎の左肩から胸にかけて切り裂かれた着物をめくった。

着物には血がべっとりとついていたが、胸は青白いほど白くなっていた。

「旦那、弥太郎は昔の仲間に殺られたに違えねえ」

長吉が、側の蜂谷に、弥太郎の遺体を見詰めたまま言った。

「ふむ……しかしお前は、押し込みの仲間は三人、みな町人だったと言っていたではないか」

「新しい仲間に武士を加えたんでしょうな……」

「厄介なことになった」

「へい。今度こそ、きっと犯人を上げてみせやす。あっしにとってはやり残した仕事ですから……それに、だるま屋の親父さんからも、この一件は見届けるように頼まれている」

「頼むぞ長吉……おい遺体を運べ」

蜂谷は小者を促した。

「じゃ、伊織様、のちほど……」

長吉はそう言うと、蜂谷とともに、弥太郎の遺体に付き添って去って行った。

——何故、殺した……。

伊織は、一行を見送りながら呟いた。

だが、次の瞬間、

――まさかとは思うが……。

伊織の胸を不安が過《よ》ぎった。新たな疑いが頭をもたげていた。

五

「淳一郎様の御難が、取り払われますように……そのためなら、私、淳一郎様に代わって、どんなお裁きだって受けます」

お波は、賽銭箱に一文銭を投げ入れて、手を叩き、そして一生懸命に祈った。

江戸に出て来て錦団子『松屋』に住み込んで奉公するようになってから、すぐ近くにある両国稲荷には、毎日手を合わせに来る。今や習慣のようになっていた。

ただ、今までのお波の祈りは、漠とした願い事だったが、淳一郎と巡り合ってからは、お波の祈りや願いは淳一郎のことが中心になっていた。

――淳一郎様がお幸せになりますように……。

――そのためには、どこかに仕官ができますように……。

――でも、ご新造様をお貰いになるのは、出来るだけ後にして下さい。

――いいえ、ご新造様をお貰いになって、お幸せになって下さい。でも、でも、お波も忘れないで下さいませ……。

――今日淳一郎様が、このお波に優しい笑顔を下さいました。ありがとうございます。

とにかく、お波の祈りは淳一郎様のことばかりであった。

今日も団子をお客の家に届けた帰りに神社に立ち寄り、紛失した十両の金が戻ってくるように、また、ぎくしゃくしている淳一郎との仲が、もとのように心が通じ合いますようにと稲荷に願った。

手を合わせるだけで、ほんのいっときでも心が安らぐから不思議である。

合わせていた手を離し、稲荷の社を見てほっとした時、

――やっぱり、私、狙われているのかしら……。

背中に殺気を感じて、悄然《しょうぜん》として動けなくなった。

一歩でも、右でも左でもこちらが動けば、殺気が矢のように襲って来る。そんな気がした。

――そう言えば……。

あの、すすり泣く地蔵さんの話をだるま屋に売りに行ったころから、この殺気は感じるようになったと思った。

昨日、秋月伊織という武家が松屋に立ち寄って話してくれたが、地蔵堂の裏手から弥太郎という男の死体が出たという。

お波はその話を聞いた時ぞっとしたが、伊織が帰った後で、弥太郎という名にひっかかった。

ふいに数日前の、そういえばあの地蔵のすすり泣きを聞くことになった日の前日のこと、弥太郎という名を聞いたことを思い出したのである。

あの日は、岩井町《いわい》の味噌醤油屋に、錦団子を届けての帰りだった。

甚兵衛橋の袂で立ち売りをしている甘酒屋があるが、お波はそこで立ち止まった。

思いの外寒く、甘酒でも飲んで帰ろうかと思ったのである。

団子を届けた帰りである。たとえ甘酒を買うお金が自分の小遣いであったとしても、買い食いをしているところを見つかれば、大目玉を食うかもしれない。

しかし、たまには冷えた体を暖めるために、一杯ぐらい良いではないかと考えた。

左右の人の流れを見て、松屋に来る客など見知った人のいないのを確かめてから、お波は甘酒一杯を頼んだ。

すると、

「俺にもいっぺえくんな」

男の声がして近づいて来た。

男は縞の着物を着ていたが、どことなく、あぶない雰囲気のある人だった。

お波が先に熱い甘酒を貰い、次にその男も貰ったが、二人がふうふう言いながら甘酒を啜《すす》り、ふっと互いに目が合った時男は照れくさそうに苦笑した。

体裁もかまわず甘酒をすする相手を互いに見て、お波の最初の警戒心もとけ、親しみを覚えたのであった。

「うめえな」

その男は、にこりとしてお波に言った。

「ええ、ほんと、暖まります」

お波も言った。

二人は見合って、また笑ったが、その男とその時話したのは、それだけである。

お波は猫舌だから、熱い物を口にするのは時間がかかる。

その男は飲み干すのは早かったが、飲み終わると、ふいに険しい顔をしたかと思ったら、甘酒代を黙って置いて慌てて河岸に下りて行った。

お波が再び、その男の姿を見たのは橋の上からだった。

橋桁《はしげた》のあたりの一層暗いところで、その男が二人の男を相手にして対峙《たいじ》しているのが見えた。

——変な人たち……やくざ者かしら……。

橋を渡り始めたお波は、突然どしどしと地を踏む音を聞いて、橋の下を覗いた。

甘酒を飲んでいた男と、相手の二人が、声も出さずに追っかけ、追っかけられて、また、険悪な雰囲気で対峙していた。

お波はすぐに目を離した。

自分が見ていることが相手にわかれば、こちらまで災難に遭うような気がしたのである。

素知らぬ顔をして橋を渡っていたお波の耳に、

「弥太郎！……」

と言う怒声が聞こえてきた。

ああ、甘酒を飲んでいた人は、弥太郎という名の人だったのかと思った。

それは『弥太郎』と呼んだ声が、甘酒を飲んでいた男の声ではなかったからだ。

お波はそれ以上見ているのが恐ろしくて、その場から逃げ帰ったが、男たちの揉めごとはそこで終わったわけではなかったのだろう。あの地蔵堂の近くまで持ちこされたのだ。

そして、地蔵堂の裏に埋められていた遺体はきっとあの時の弥太郎という男に違いないと、お波は確信したのである。

その時だった。

「あっ」

お波は思わず声を上げた。

自分が殺気に見舞われるようになったのは、あれからだと――。

――しかしなぜ私を……。

そこまで思いを巡らせた時、後ろから自分に向かって走って来る足音をとらえていた。

はっとして振り返るのと同時に、肩に痛みが走った。

「うっ」

お波が肩をおさえながら見たものは、刀をぶらさげた覆面の武士だった。

気丈にもその武士の顔をお波はにらみつけ、

「何するんですか」

怒鳴った時、武家は目を見開いて驚いた顔をした。

だがすぐに、くぐもった声で言った。

「命がほしければ正直に話せ。弥太郎を知っているな」

「弥太郎……」

お波がはっとした顔をすると、

「あいつから何を聞いた」

「知りません。私、何もしゃべってません」

「見ているのだ。あの甘酒屋で弥太郎がお前に伝言しているところを」

「知りません」

お波が、叫ぶように言った時、武家が大刀を振り上げた。

「ああ……」

お波は叫んで目を瞑《つむ》った。

ぶんっという風を切る音が聞こえたかと思ったら、金属の触れ合う激しい音が聞こえ、

「あっ」

男が叫び声を上げた。

お波が目を開けると、

「秋月様……」

そこに伊織が立っていた。

伊織が抜き放った剣の先には、刀を打ち落とされ、覆面を切り払われ、狼狽《ろうばい》している武士がいた。

お波は、その武士の顔を見て驚愕《きょうがく》した。

「栗原様……栗原様ではございませんか」

「栗原……」

伊織が驚きの声を上げた時、武士は顔を隠すようにして慌てて逃げた。

「秋月様……」

お波はほっとした顔をみせるが、そのままそこに膝から落ちた。

「お波」

伊織は駆け寄ると、お波を抱き上げた。

「栗原さんがお波を襲ったとは……信じられません」

淳一郎は、筆作りの木箱の前に座り直すと、愕然として伊織と長吉を見た。

「お波がそう言っているのだ。自分を斬った武士は、小原藩のお国元で、淳一郎さまたちとお店に来ていた栗原平助様だとな……」

「………」

「栗原という男は、殺された弥太郎の昔の仲間、押し込みの連中とつるんでいるに違いない」

「弥太郎？」

淳一郎は怪訝そうな顔で聞いた。

「へい」

長吉が伊織に代わって説明した。

「あの、すすり泣くという地蔵堂の裏手に埋められていた男でございやすよ。その弥太郎の死因ですが、肩から胸にかけて斬られた刀傷でした。弥太郎は昔の仲間に殺《や》られたに違えねえ。つまり、お波を襲ってきたのが栗原という武士だとすると、弥太郎を斬り殺したのも同じ人物、つまり栗原ということになる」

「まさか……まさかとは思うが……」

淳一郎は憮然《ぶぜん》として眼を泳がせていた。だが、思い直したように伊織に言った。

「秋月殿……私はあれから数度、栗原さんの住まいに足を運びました。それで昨日、ようやくその後の消息がわかってきたところでした。栗原さんが住んでいた裏店の大家の話では、お内儀は労咳《ろうがい》を煩っていたようです。この世の最期にと箱根に連れて行ったが、湯治場《とうじば》で亡くなったようでした。向こうでお内儀を送り、位牌《いはい》を抱いて裏店に戻って来た。そして大家にこう言ったそうです。この上は借金を払うことに専念する。今請け負っている仕事が終わればお前にもきっと返すと……。大家にも借りていたようですね。借金を綺麗に始末したら、この江戸を出て、妻と二人で旅をするのだとか言っていたようです」

「その話を聞けばなおさら、辻褄が合う。間違いねえですぜ伊織様。弥太郎を殺したのも、お波を殺そうとしたのも栗原だ」

「しかし、どうしてお波が襲われなければならないのか」

「厚田殿。奴等はお波が橋の袂の甘酒屋で、弥太郎と話していたのを見ていたのだ。その後で奴等は弥太郎を殺している。あの地蔵堂に弟に会いに出向いたところを殺したのだ。原因は金のことか、あるいは仲間の名が割れることを恐れた時か、いずれかだ。今度の場合は、ともかく弥太郎は殺した。殺したが、ひょっとして弥太郎が最後にしゃべっていたお波に、何か秘密をしゃべっているのではないかと恐れたに違いない。だから栗原は、お波に弥太郎から何を聞いたのかと念をおしたのだ」

「人も変われば変わるものです。栗原さんは与力として悪を憎み、誰よりも正義を貫こうとした人だったのに」

「ふむ……」

伊織はふと懐に手を遣って、あっという顔をした。

弥吉から預かった、あのお守り袋がまだ懐にあったのだ。

――お守り……。

伊織は急いで懐から取り出して、中のお守りの札を出した。

――やはりこれは御札ではない。書き付けだ……。

きちんと畳んだその札に似せた紙を開くと、

「これは……」

紙には三人の名を連ねて、血のついた指で印が押してあった。

「これは仲間のちぎりを誓う神文《しんもん》というやつではないか……」

「田崎《たさき》の又蔵《またぞう》……堀江《ほりえ》の三之助《さんのすけ》……亀井の弥太郎……」

長吉は、横から覗いてそれを読み、

「間違いねえ、これは押し込み三人の名だ。又蔵は田崎町に住む下駄職人です。

堀江の三之助というのは、堀江町の煙草屋の倅《せがれ》です。そして亀井の弥太郎は殺された弥太郎です。当時から三人が接触していたのはつきとめていたんですが、肝心の証拠があがらなかった。しかしこれで、つかまえて吐かせることが出来るというもの……」

長吉はそう言うと、険しい顔をして伊織を見た。

伊織が頷くと長吉も頷き返して、淳一郎の長屋を出て行った。

入れ代わりに、

「ごめん下さいませ。こちらは厚田様でございますか」

少年が、戸を開けて入ってきた。

手には灯心の束を握っている。

「灯心はいい。間にあっている」

淳一郎が断ると、

「灯心を売りに来たのではありません。厚田様に手紙を預かってまいりました」

少年はぽつりと言った。

「何、手紙……誰からだ」

「お武家様です。お名は存じません」

灯心売りは、すぐ近くの街角で頼まれただけだと言い、手紙を置いて帰って行った。

「栗原さんが……」

淳一郎は上包みを解き、送り名を見て絶句した。

六

薄暮《はくぼ》……というのだろうか。

淳一郎が伊織と一緒に、神田川沿いの河岸に立った時、辺りは薄い靄《もや》をかけたような風情であった。

暮れるのを惜しむような、そんな気配が漂っていた。

「秋月殿私一人で行かせて下さい」

淳一郎は伊織に言った。伊織が頷くと淳一郎は一人で和泉橋《いずみばし》手前の河岸地にある、お救い小屋へと向かった。

栗原平助に呼び出された場所に、これから向かうのである。

だが、模糊《もこ》とした夕暮れを目にした時、人の命のはかなさを知り、淳一郎は突き上げてくる悲しみを怒りの炎で焼き尽くしたい衝動にかられていた。

――お波は栗原に殺されたのだ。

なにしろ、淳一郎の胸にいまあるのは、先程末期の水をとってやったお波の顔、けっしてそれが頭から離れないのである。

お波の傷は、命をとられる程ではないなどと、医者は最初の診立てで言っていた。

襲われた場所が両国の稲荷だったこともあり、また、伊織がすぐに医者を呼び、手当てが早かったこともあって、お波は錦団子松屋の店の小座敷に寝かされていた。

お波自身も気丈に前後の話を伊織にしていたから、これで止血すれば大事にはいたらないと、皆一応に安堵していたのである。

ところが、栗原の呼び出し状が届いてまもなく、松屋から急使が来た。

お波の容体が急に悪くなったので、見舞ってやってほしいという松屋のおかみの言伝《ことづて》だった。

淳一郎は伊織と一緒に、長屋を飛び出した。

果たして二人が松屋の小座敷に入った時には、お波は生死の境を彷徨《さまよ》っていたのである。

「お波……」

枕元で淳一郎が呼びかけると、お波は目を開けた。

だが、焦点をどこに定めていいのかわからないようで、闇の中を声を頼りに探している。

「お波ちゃん、淳一郎様ですよ。淳一郎様がお見舞いに来て下さいましたよ」

おかみがお波の耳元に告げた。

「淳一郎様……」

お波はもはや、淳一郎を視界にとらえることが出来なくなっていたのである。

血の失せた、白くなった手を泳がせた。

「お波、ここだ」

淳一郎は、堪《たま》らなくなって、その手を握った。

「あっ……」

小さな声をお波は発した。

だが、後の言葉は続かなかった。

はらはらと頰に涙を流すばかりで、

「お波、しっかりしろ」

淳一郎の声にも、弱々しくかぶりを振っただけである。

「お波！」

握っていたお波の手から、突然力が失われていった時、淳一郎は辺りも憚《はばか》らずに、悲痛な声を上げた。

「今日の今日まで元気だった人が……」

おかみも泣いた。

その時だった。伊織が枕元にある蛤に気づいて取り上げた。

「ああ、それは、お波ちゃんが後生大事に、肌身離さず持っていた紅なんです」

寒紅の事情を知らないおかみが言った。

「紅……」

淳一郎が驚いた顔で、伊織を見た。

「まさかこの紅は……」

「淳一郎殿、お波はな、この紅をつける時には、おぬしに何もかも告白して、許しをもらって……そんなことを言ってたぞ」

「秋月殿……」

淳一郎は、手にある貝を握りしめた。

伊織は頷き、

「この蛤の紅ひとつで、お波は長い間苦しんできた。また一方ではお波の守り神でもあった。お波を支えてくれていたのも、この紅だ」

「…………」

「お波は、この紅の一件でおぬしに助けてもらってからは、一度も嘘をついたことがないと言っていた。こもごもに自分を導いてくれたこの紅を、お波は唇に引くのを、たったひとつの願いとして暮らしてきたのだ」

「お波……」

淳一郎は、思わずお波に呼びかけた。

「私の方こそ、お前に隠し事をしていたのだ……」

「淳一郎様」

おかみが両手をついて、淳一郎を見た。

どうかその紅をお波ちゃんの唇に引いてやっては頂けないでしょうかと、おかみの顔は言っていた。

淳一郎は頷いた。

貝の蓋を開けた。

ひび割れた紅が入っていた。

淳一郎は、おかみが盃に湯を汲んで持ってくると、その湯に指を浸し、濡れたその指で紅を練り取り、お波の唇に静かに引いた。

白い顔に、寒紅の色が鮮やかに映えた。

「お波ちゃん、よかったね。淳一郎様に紅をひいて頂くなんて……」

おかみは、袖で顔を覆った。

――許せん。たとえ昔上役だったとはいえ、許せるものではない。

淳一郎は、この時、お波の枕元で、込み上げてくる怒りを制しきれないでいた。

それからまだ一刻も経ってはいない。

小屋の前に立ち、淳一郎はひとつ大きな息をつくと、雨にさらされて朽ち色になった戸を押し明けて中に入った。

果たして、栗原平助は小屋の中程にある積み上げた莚にもたれるようにして、戸口に向かって座していた。

旅姿だった。

懐からは妻の位牌か、木の頭ひとつ飛び出しているのがみえた。

「栗原さん」

淳一郎は、刀の鯉口《こいぐち》を切って、栗原の前に立った。

「厚田か、来たか……借りた金だが、この懐に五両ある」

「栗原さん、その金はどうしてつくりました。押し込みの連中の手先となって弥太郎という男を斬り、お波を襲って得た金ではありませんか」

「………」

「そんな血にまみれた金で……昔のあなたはどうしました」

「………」

「その金をもらっては私も人殺しの仲間入りをします。あなたはもはや、私の上役などではない。お波の無念、晴らさせて頂きます」

淳一郎がすらりと刀を抜いたその時、ぐらりと栗原の体が揺れ、埃だらけの床に俯《うつぶ》せに伸びた。

「栗原さん」

走り寄った淳一郎は、

「やっ」

足下に流れてくる夥《おびただ》しい血に気がついた。

血は、俯せになった栗原の腹のあたりから流れ出ているようだ。

「栗原さん」

淳一郎が栗原の体を起こすと、栗原は、

「こ、これを……」

つかんでいた書状を淳一郎の前に差し出した。

淳一郎がそれを取ると、

「すまぬ……」

栗原は、この一瞬を待っていたように息を引き取った。

「栗原さん……」

呆然と片膝ついたまま、むくろとなった栗原の体を見たその時、伊織が静かに入ってきた。

「伊織殿……」

悲痛な声を上げた淳一郎が、手にある書状を伊織にみせると、伊織は促すように頷いた。

緊張した顔で淳一郎は封を切る。

すばやく目を通して、伊織に突き出した。

「うむ」

伊織が目を通す。

その手紙には、浪々の身となった苦悩と、病に倒れた妻のために非道に手を染めたいきさつが連綿《れんめん》と綴《つづ》ってあった。

押し込みの金を又蔵と三之助は二人で山分けしたが、弥太郎が江戸に舞い戻ると知り、いざという時には殺してほしいと、栗原は依頼を受けたのだった。

又蔵と三之助の心配は的中した。

弥太郎は自分の取り分を、地蔵堂の前に持ってくるようにと連絡してきたのであった。

しかも、自分の取り分を耳を揃えて持ってこなければ、奉行所にお前たちの名をバラすと脅しの文言を並べていた。

それで栗原が有無を言わさず斬ったのだと――。

弥太郎はその金を、弟の弥吉に渡してやるつもりだったらしい。

息絶える直前に、弥太郎は、俺を殺せばお前たちの名を訴え出てくる人がいると言い置いた。

その人とは、弥太郎が甘酒屋で言葉を交わしていた、あの女ではないのか――

そんな疑いが、お波を襲わせることになったのである。

栗原は、頼まれた二人を斬って五両を貰った。

腰の大小を質に入れれば一両にはなる。

十両全額という訳にはいかなかったが、汚れた金でも金は金だ。

よろしく頼む。償いは私の命で――。

栗原は、そう締めくくっていた。

「馬鹿なことを……」

伊織は呟いて、目の前の遺体を見た。

「伊織様、松屋のおかみにこれを渡して頂けませんか」

だるま屋の吉蔵は、莚の前に立った伊織に、素麺箱の中から懐紙の包みを差し出した。

弥太郎の押し込み仲間だった又蔵と三之助が捕まって、一連の事件を白状し、地蔵堂の話に決着がついたという知らせが、奉行所からきた翌日の朝のことだった。

「これは……」

「お波さんの供養のお金です。二両入っています」

「ふむ」

伊織は取り上げて、苦笑した。

情報を提供してくれた謝礼に、吉蔵がこれほどの報酬をはずんだのは初めてだった。

「哀れでなりませぬ、お波のことです。救いは弥太郎の弟弥吉が、元気に奉公しはじめたということですが」

「…………」

「まっ、紅の話は胸をうちます。そこのところは、いつか記すことにいたしましょう」

「吉蔵……」

伊織は、息を引き取ったお波の唇に、紅を引いてやった淳一郎の優しさが、まだ目に焼きついている。

「あっ、そうそう。夕べ厚田様が参られまして、筆屋にありのままを話したと言っていました。お奉行所に訴えられるのは覚悟していたようですが、筆屋の主は、これから筆師としていい作品をつくって返してくれればいい、そう言ったそうでございます」

「ふむ」

伊織もほっと胸を撫で下ろす。

「あっ、お客さんが来ました」

吉蔵は、こちらに向かって歩いて来る羽織袴の武家を見た。

「では伊織様、次の仕事はお藤からお聞き下さいませ」

吉蔵は大仰に言い、目の前に迫る武家に、愛想の良い顔を向けた。

第二話　薄《うす》　氷《らい》

一

「道を開けろ、寺社奉行所の者だ」

秋月伊織は、寺の門前に出来た人だかりを割って入る武家二人の、厳しい声に足を止めた。

所用を済ませての帰りだった。

場所は下谷《したや》の新寺町通り、歩み寄って門前に立つと『延命寺《えんめいじ》』とあった。

塀の上に、咲き始めたばかりの白梅が、枝垂《しだ》れかかるように落ちている寺である。

「何かあったのか」

伊織は、人垣の後ろに立ち、首を伸ばして門内を覗いている野次馬の男に聞いた。

「へい。寺の墓地で男が凍死しているのが見つかったそうですぜ」

男は興味津々、隙あらば寺内に駆け込んで見聞したいといわんばかりで、凍死した男を見られないのがいかにも残念そうである。

「ふむ……」

伊織も伸び上がって中を覗くが、見えるのは乾いた庭のたたずまいと、そこを一人二人と慌ただしく横切る坊主や小者の姿ばかりで、墓地内の様子がわかるわけがない。

踵を返して立ち去ろうとした時、

「長吉……」

戸板を運ぶ坊主に付き添って、庭を横切る長吉の姿を見た。

長吉は庭の一方へ過ぎ去ったかと思ったが、伊織の声に引き返してきて、

「伊織様」

驚いた顔で伊織を認めると、伊織を寺内に手招いた。

「お前がどうしてここにいるのだ」

「へい。昔ある事件で孤児になった男の子を、この寺に預けたことがありまして

ね。まっ、そういう関係で、あっしの家にも死人が出たという一報が入ったんでございやすよ」

長吉は足早に歩きながら、寺のゆかりを説明した。

墓地は寺の横手から入った一角にあり、その広さは四、五百坪はあるだろうか、幾筋か広い通路が伸びているが、役人や坊主が集まっているのは、塀際の小塚の近くだった。

小塚は無縁仏となった墓を積み上げて祀《まつ》っている場所である。

伊織が長吉とその場所に立った時には、さきほど運んでいた戸板に、死体が乗せられたところだった。

死体の主は、鬢《びん》に白い物がまじった初老の男だった。

着けている物は絹物だが、垢《あか》と泥で汚れて、生前の素性を知るよしもない。

人相はと言うと、頬が落ちているのは浮浪のためだと思われるが、丸顔の、温厚そうな顔立ちで、特に唇の厚いのが目に止まった。

ただ、その顔も、はだけた胸も、手も足も薄汚れていた。

戸板に乗せたところで、役人が懐を探って検分していたが、錦織りの空の財布を所持している以外には、身元がわかるような物は見当たらないようだった。

「もう一度聞く。この者の素性に心当たりはないのだな」

役人がまわりの人たちに念を押したが、いずれも首を横にふって否定した。

そこで役人二人は、ひそひそとなにやら相談を始めたようだ。

長吉がその二人を横目にして言った。

「伊織様、あの者ですがね。先月この近くで火事がありまして、寺で炊き出しをやっていたそうですが、その折姿を見せていたらしいんです。この辺りの者ではないことは確かなのですが、被災者を装って飯にありついていたんでしょうな」

「ふむ。しかし汚れてはいるが見る限り、昔はかなりの暮らしをしていたようだな」

「へい、商人ですかね、あっしの見たところでは……おそらく、店が潰れでもして路頭に迷い、墓地に供えている食い物をあさって生きてきたんでしょう。ところが昨夜《ゆうべ》は冷えた。老いも手伝って命をとられたというところでしょうか。哀れな男です」

長吉が溜め息をついた時、役人が集まっている者たちに言った。

「この遺体は三日の間、回向院に置く。もしも身内の者が現れたら、回向院に引取りに来るように伝えてくれ。三日が経って、誰も現れなければ無縁仏として、回向院の墓地に埋葬する。よいな」

役人は、小者を促して、遺体に菰《こも》をかけ、寺の門に向かった。

「南無阿弥陀仏……南無阿弥陀仏」

門前に集っていた人たちは、運ばれて行く戸板の仏に向かって手を合わせた。

「じゃ、あっしも回向院まで付き添って来ます」

長吉も、寺の坊主と一緒に一行に加わった。

——さて、引き上げるか……。

伊織が一行を見送って踏み出した時だった。

「もし。あなた様は、御成道で店を開いているだるま屋に縁《ゆかり》のある方でございますね」

青白い顔をした、ひょろりと背の高い、どこかの若旦那風の男が声をかけてきた。

「何か用か」

伊織は、鼻は高いが目も口も細いつくりの、もやしのような顔を見た。

「よかった、やはりそうでしたか。いやね、ちょっとお願いしたいことがございまして、私、ずっとあなた様の後を尾けて参りました」

「何……」

「まあまあ、そんなに怖い顔をなさらずに……すみません、ちょっと、ほんのちょっとの時間でいいんです。私の話を聞いていただけませんか」

男は、伊織の袖を引かんばかりにして、差し向かいの蕎麦屋を指した。

「私は、日本橋にある蠟燭《ろうそく》問屋『鳴海屋《なるみや》』の倅《せがれ》で金之助《きんのすけ》といいます」

男は蕎麦と酒が運ばれて来ると、愛想のいい顔をつくって、伊織に酌をしながら、自身の身元をそう明かした。

「ふむ。それで……」

「一生のお願いがあるのです」

「何、一生の願いとは大仰《おおぎょう》な……何だ」

「つかぬことをお聞き致しますが、お武家様はだるま屋の娘さんの、お藤さんとは、どういう……」

口許《くちもと》に笑みを浮かべて聞いてきた。しかしその目の色には、相手の反応を見逃しはしないというひたすらなものが見える。

「どうと言われてもな。店の娘と雇われ人だ」

「あっ、そう……そうでございますか」

金之助は、ほっとした顔をして、背を伸ばした。

――ははん、この男、なんのことはない、お藤に岡惚れでもしているのか……。

伊織は苦笑した。

次に何を言い出すのかと、手酌で飲みながら金之助を見た。

金之助はぐいぐいと盃を重ね、十杯も飲んだだろうか、そこでぱたりと盃を置くと、

「うう、ううううう」

泣き出したではないか。

「おいおい、お前は泣き上戸《じょうご》なのか」

「お武家様、聞いて下さいまし。いえね、私は自分が見栄えの良くない男だってことくらい承知しておりますよ。だけどですよ、こちらの気持ちも聞かないままに、ぷいと背を向けるなんて、あんまりです」

「お藤のことを言っているのか」

「はい……実はですね、お藤さんは、日本橋界隈に出てこられた時には、うちの蠟燭を買って下さいまして」

「ほう、それは知らなかった」

「それで、先日もうちのお店でお会いしまして、その……あの……」

「はっきり言ってみろ」

「はい。美味しいものでも食べに行きませんかと……」

「誘ったのか」

「はい……ところがけんもほろろに、わたくしは忙しい身でございますから、格別の用もないのに、ふらふらと道草を食う訳にはまいりませんと……」

「なるほどな」

伊織は、くすりと笑った。

「お武家様……」

金之助は、情けない声を出し、恨めしそうに伊織の顔を見た。

「いや、すまんすまん、それで……」

「お藤さんに用がなくても私の方にあるのだと申しましたら……申しましたら、くすくす笑って、他の方をお誘い下さいと」

「まあ、そう言うだろうな」

「まだ肝心なことがあります」

金之助は怒ったような顔を作った。

「まだあるのか」

伊織は、舌打ちしたい気分である。何か只事ならない事情でもあるのかと思ったら、どうやらお藤に振られた繰り言らしい。

「いいか。お前は男だろう。ずばっと、男らしく、手短に話せ」

「お藤さんはこう言ったんです。わたくしにはいい人がおりますって、ぴしゃっと……」

「ほう……」

「それで、いろいろ鎌をかけて聞いてみると、どうやらいい人とは、あなた様のような感じが……」

「うっ」

伊織は思わず、飲みかけていた盃の酒を零《こぼ》しそうになった。

「違うんですね」

金之助は、また不安な顔を覗かせた。

「俺ではないだろう。おそらく、お前を傷つけたくないための方便だろう」

「そうでしょうか……私はどうやら、嫌われているようです」

金之助は、玩具を横取りされた子供のように肩を落とした。

「そうでもあるまい。何、本当にお藤は忙しい人だからな。お前は知らぬだろうが、お藤は情のない女子《おなご》ではない筈だ」

「はい、私もそう思ったのですが……」

「ただ、少々気は強い」

「はい」

「曲がったことが嫌いな人だ」

金之助に説明しながら、伊織はおやと胸の中で苦笑した。

これではお藤の良さを、金之助に吹聴《ふいちょう》しているようなものではないか。ますます金之助の思いが募《つの》るのではないかと、ちらと思った時、時すでに遅く、金之助は目を輝かせて言った。

「わかっております。ですから、他の女子にはない、きらりと光るものがあるんです」

「うむ」

「それに、美しい」

「ふむ……」

「お武家様、どうでしょうか。私を見届け人の一人として雇って下さるように、あのだるま屋の親父さんにお願いして頂けないものでしょうか」

「馬鹿なことを、お前は蠟燭屋の跡取りではないのか」

「いいんです。うちの親父さんはまだまだ元気です。しばらくは店に私がいても
いなくても、いいんですから」

「駄目だ駄目だ。お前のような人間に務まる仕事ではない」

「………」

金之助は、歯を食いしばって睨んでいたが、

「わかりました。ではそっちは諦めますが、この手紙だけは渡して頂けないでし
ようか」

懐から書状を出した。

かなり長い間懐にあったとみえ、よれよれになっている。

伊織は、その書状のしなびた有様を見て、目の前にいる男が哀れになった。

いくじのない男だが、あのお藤にかかっては、たいがいの男はたじろぐに違い
ない。

「これ一度きりだぞ」

書状を懐に入れて立ち上がると。

「恩にきます。お武家様」

金之助は、縋るような声を上げた。

二

伊織が、金之助の書状を懐に御成道のだるま屋を尋ねたのは翌日のことだった。

冷たい雨が路上を濡らしていて、さすがの吉蔵も店の前に莚を敷く訳にもいかないらしく、店の表は閑散としていた。

いつもそこにいる人間がいないというのは、歯の欠けた櫛《くし》を見るようである。

「ごめん」

店の戸を開けて中に入ると、

「伊織様、皆様お待ちでございますよ」

店の板の間で文七を相手に、古本の補正をしていたお藤が、腰を上げた。

「おじさま、伊織様がおみえになりました」

伊織が、金之助の書状を渡そうと懐に手を入れた時には、お藤はいそいそと茶の間に走り、吉蔵に伊織の到来を告げた。

「伊織様、丁度良いところに……文七を使いにやろうかと考えていたところでございました」

吉蔵は、赤い顔をして言った。

吉蔵は炬燵《こたつ》に足を入れ、土屋弦之助を相手に酒を飲んでいたらしい。

「よう、まあ座れ。お藤殿、伊織に盃を頼む」

弦之助も目を赤くしていた。

「いや、話があるのなら、後でいい」

「固いことを申すな。吉蔵がいいと言っているのだ。酒が入れば体も温まる。頭の回転もよくなるというものだ」

弦之助は言った。

吉蔵に負けず劣らず、酒を見ると弦之助は見境がない。

「おじさま、おじさまはもういけませんよ。いいですね」

お藤は、ぎゅっと吉蔵を睨むと、伊織の前に盃と酒を置いて、自身もそこに座った。

「おじさま、わたくしからお話ししますね。伊織様、実は去年の暮れから一度ならず三度も同じ家に火付けをした者がいます。その調べをお願いしたいのです」

「何、三度も火付けを……場所はどこだ」

「八丁堀《はっちょうぼり》の鍛冶町、酒屋『伊勢屋《いせや》』の店先です」

「町奉行所の役人たちの住まいの近くではないか」

「ええ、三度が三度とも、人通りの絶えた頃合いを見て火を付けています。幸い三度ともボヤ程度でおさまっておりますが、八丁堀といえばお奉行所のお役人たちの住まうお膝元、そんな場所から火を出してはと、臨時廻りの片岡善八《かたおかぜんぱち》様とおっしゃるお方が、何かその件について噂を聞いてはいないかと、おじさまのところへ参られまして……」

「伊織様、この話、ただの火付けではないような気が致します。そこでこのだるま屋がですよ、出来ればお役人様より先に犯人をあげることが出来たらと存じましてね」

吉蔵は目をぐるりと見回して言った。

酒は入っていても、さすがお記録本屋の主である。事件の話になった途端、目が光っている。

「伊織、これはただのいたずらではないな。怨恨《えんこん》だ」

弦之助がわめくように言った。

「まっ、調べてみぬ事にはわからぬが、おそらくな……見つかればたとえボヤとはいえ火あぶりの刑、覚悟がなければ三度も火を放てぬ。まずは伊勢屋に当たってみるか」

「伊織様、そのことですが、臨時廻りの話では、伊勢屋は心当たりは無いと言ったそうでございます」

「いや、吉蔵……それは表向きの話かも知れぬ。人には知られたくない何かがあるということもある」

伊織が自問するように言った時、

「伊織様……今の話の伊勢屋というのは、もしや八丁堀の伊勢屋のことではございやせんか」

戸を開けて入って来たのは長吉だった。

「遅れて申し訳ありやせん。例の回向院に運ばれた凍死者の件で手間をとりやして……」

「そっちは何かわかったのか」

「身元がわかりやした」

「身内の者でも現れたか」

「いえいえ、あの男の店に昔奉公していたという飯炊きの婆さんが、噂を聞いて駆けつけて来たんでございやすよ。婆さんの名はおきん、今は馬喰町《ばくろちょう》の旅籠で飯を炊いているということでしたが」

「するとなにか……あの死体が、伊勢屋に縁のある者だったのか」

「縁といえば悪縁でしょうな。なにしろ伊勢屋という店が出来たばっかりに、店が潰れてしまったんですから」

「何……するとあの男も酒屋を営んでいたのか」

「へい。伊勢屋がある隣町の者で『越後屋《えちごや》』という酒屋を昨年の夏頃まで営んでいた男です。名は喜助《きすけ》といいまして、伊勢屋が三年前に店を出すまでは、近隣の武家屋敷との取引きもあり、随分と繁盛していたようです。ところが、わからないものでございますな。婆さんの話では、伊勢屋が店を出すとあれよあれよという間に店はさびれて、とうとう店を畳むことになり、喜助は女房子供を田舎に帰して、あのように浮浪の人となったようでございまして……」

長吉は、垢と泥にまみれた死体を思い浮かべるように眉をひそめて言った。

「おいおい、長吉、ちゃんとその話の経緯を俺と吉蔵の親父さんに説明しないか」

横合いから弦之助が言った。

「へい。昨日のことでしたが……」

長吉は、かいつまんで延命寺で見つかった凍死体のことを話して聞かせた。

「ちょって待て。すると、伊勢屋に火付けをしたのは、その男かもしれないじゃないか」

「しかし、それなら伊勢屋は、火付けされる心当たりは無いなどと、どうしてお役人に言ったんでしょうね。これはやはり、一通り見届けて頂かないことには、記録として残す訳にはまいりません」

吉蔵は、ぎょろりと一同を見渡した。

「おおそうだ、お藤殿……」

話が終わったところで、伊織は思い出したようにお藤を店の方に促した。

「なにかしら」

お藤は怪訝そうな顔をして、伊織の顔を見た。

「うむなに、手紙を預かってきた」

懐から出して、お藤の手に載せる。

「どなたからですか」

「蠟燭問屋鳴海屋の若旦那だ」

「まっ、お返しします」

お藤は、差し出し人の名を聞くや、けんもほろろに伊織の手に突き返した。

「まあそう言わずに、読むだけ読んでやったらどうだ」

「伊織様、伊織様はいつから飛脚人になったのでございますか。それも、こんな手紙を受け取っては、わたくしが迷惑なことぐらいおわかりでしょ」

「しかしな、あやつは今にも死にそうな顔をしていたぞ。お藤殿には迷惑なことかも知れぬが、一途に思い詰めた金之助の気持ちを無下にするわけにもいかず……」

「では、この手紙を読んで、どうすればいいんでしょう。教えて下さいませ」

「うむまあ、そこは適当に……」

伊織も困って無責任なことを言った。

お藤は、きっと睨んできた。

「適当になど出来ません。金之助さんに伝えて下さい。死にたければどうぞって」

「おいおい、随分ひどいことを言う。人の心のわからぬそなたではあるまい」

「人の心のわからないのは伊織様の方です」

「何……」

「こんな使いを平気で受けてくるなんて……ひどい人……」

お藤は、泣きそうな顔をして奥に消えた。

「お藤殿……」

――まったく……とんだ役目を引き受けたものだ……。

伊織が口をへの字に結んで手紙を懐に納めると、

「伊織様……」

文七が神妙な顔をして見上げていた。古本の手当てをしながら、聞き耳を立てていたらしい。

「何だ。この手紙、お藤殿にお前が渡してくれると言うのか」

伊織は、痴話喧嘩を見られたような気恥ずかしさを覚えながら、難しい顔をつくった。

「とんでもありません。そんな事をした日にはたたき出されます。それより、お嬢さんの気持ち、おわかりになりませんか」

「お藤殿の……」

「お嬢さんは……あの、こんなこと、私が言ったなんて内緒にして下さいまし」

「いいから早く言ってみなさい」

「お嬢さんは……」

文七は、ちらと上目遣いに伊織に視線を投げると、思いきったように言った。

「伊織様のことをお慕《した》いしているのでございます」

「…………」

伊織は言葉を呑んだ。どこか心の奥ではそんな予感が過《よ》ぎることがあったが、それをずばりと文七に指摘されると、覗いてはいけないものを見たような、そんな妙な当惑があった。

しかも、お藤が自分を慕っている……その言葉に、ほっとした自分がいるのを知り、心の中で苦笑した。

――どうやら自分も、いつの間にかお藤に惹かれていたらしい。

だが、伊織の口からついて出たのは、

「まさかな、それはお前の考え違いだ」

心にもない言葉だった。

「主、大した繁盛ではないか」

弦之助は、女中がうやうやしく運んできた餅菓子をがぶりとやると、首を回して手入れの行き届いた庭を見渡した。

早咲きの紅梅が、客間からよく見える場所に一本植わっていて、無数の可憐な花弁を覗かせていた。

紅梅は主の伊勢屋清兵衛《せいべえ》の自慢の花木なのか、わざわざ清兵衛が障子戸を開けて、これは天満宮《てんまんぐう》から苗を分けて貰ったものだと説明をしたばかりである。

伊織はというと、茶を喫《きっ》しながら、庭の隅にある蔵から次々と運びだされる酒樽を見ていた。

小売りの店とは思えない繁盛ぶりが窺える。

「いえいえ、繁盛という程のものではございませんが、伊勢屋は運がようございました。それだけのことでございます」

「謙遜《けんそん》するな。先程から店先を出入りする客や奉公人を見ておるが、どうやればこれほど繁盛できるものかと、考えていたところだ」

「まだまだでございますよ。して、御成道だるま屋さんの皆様だとお伺いいたしましたが、私も時々お記録は買い求めております。そのだるま屋さんが、わざわざ何のご用かと……」

清兵衛は鷹揚《おうよう》な笑みを浮かべているが、その眼は警戒するような色を含んでいた。

「ほかでもないのだ。こちらで三度もボヤがあったと、それも火付けらしいと聞いてきたのだが、三度も火付けをするというのには、何かそれなりの訳があるのかもしれぬと思ってな」

「やはり、その事でございますか」

清兵衛は背筋を伸ばすと、迷惑そうな顔をつくった。

「心当たりはないとも聞いているのだが……」

「はい。さようでございます。私どもは金貸しではございません。おいしいお酒を飲んで頂きたい、そういう商売です。恨みを買う道理がございません」

「さようか……しかし清兵衛、昨年店を畳んだという越後屋はどうかな。こちらを恨んでいたのではないか」

伊織は、庭に向けていた首をまわして、清兵衛を見た。

「まさかそのような……何をおっしゃるのかと思ったら……」

「しかし、お前ももう耳にしているやも知れぬが、一昨日、越後屋喜助は下谷のある寺で凍死していたぞ」

「………」

清兵衛は言葉を呑んだ。明らかに顔に動揺が見える。

「越後屋喜助は店が潰れてから家族と別れ別れになっても、この江戸での暮らしが忘れられず、放浪していたらしい。この世に未練を残して死んだ。違うか」

「お武家様、そのような解釈の仕方はいかがなものかと存じます。越後屋さんは、これは商売の中のことですから、皆様にいちいち説明はでき兼ねますが、潰れるべくして潰れたのでございましょう。私どもには関係のない話でございますよ」

「恨みはないと……」

「あろう筈がございません」

「ふむ」

「それにもしもです。まかり間違って喜助さんがうちに火付けをしていたのなら、凍死したのでございましょ。不安の種は消えたということですから、それはそれで決着したということではございませんか」

「いやいやまだ他にもあるぞ」

横合いから弦之助が言った。

「越後屋以外の同業者ということもある。これだけこちらが一人勝ちしたような商いをしていると、恨みを買う」

「脅かさないで下さいまし。越後屋さんこそ商う地域が重なっておりましたが、例えば隣町の益田屋《ますだや》さんなどは客を取り合うことなどございません」

「まだある。お前が外につくっている女のこととかな」

「おやめ下さいませ」

清兵衛は低い声で、弦之助の言葉を遮った。

「とにかく、そのようなご用で参られましたのなら、私はこれで失礼致しますよ。店にはお客を待たせておりますからね。こんな根も葉もない話に答えている暇はございませんので……」

清兵衛はここにきて、いよいよ露骨に嫌な顔をしてみせると、立ち上がって廊下に出て、

「番頭さん、お客様がお帰りです」

店の方に声をかけた。

「清兵衛、煩わしい気持ちはわからぬでもないが、俺たちを追い出したらそれで済むというものではないぞ。それだけは覚えておけ」

弦之助は、伊織の前に出された餅菓子を懐紙ごとひっつかむと、自身の懐にねじ込んで立った。

三

「あら、伊織様、いらっしゃいまし」

弦之助と別れた伊織が、柳橋《やなぎばし》にある『らくらく亭』の暖簾をくぐったのは、その日の夕刻だった。

まだ外には日の名残があるというのに、店の中の席は大方埋まっていた。

らくらく亭は長吉の女房おときが切り盛りしている店だが、おときは美貌な上に心配りが行き届いている。

場所柄も手伝って、いつ覗いても繁盛していた。

「長吉は帰っているか」

伊織は板場を覗くようにして言った。

「それがまだなんですよ」

「そうか、それはたいへんだな」

店のお客を眺めて言った。

「いいえ、お店の方はね、板さんがいてくれますから。あの人がいたところで、あんまり手助けにはなりませんからね」

おときは、肩を竦《すく》めて笑ってみせた。

改めて気がついたが、おときは笑顔良しで可愛らしいところがある。あの長吉には勿体ない女子だと、ちらとおときの顔に笑顔を返すと、

「どうぞ、二階でお待ち下さいませ」

と言う。

「いいのか」

「伊織様なら大歓迎でございますよ。あの人もそろそろ帰って来る頃だと思いますから……」

おときはそう言うと、後ろで立ち働いている小女《こおんな》に、

「おあさちゃん、ちょっとお願いね」

後を任せて酒と盃を盆にのせ、二階の段梯子をトントン鳴らして伊織を案内して上がった。

二階の部屋には準備もよろしく、火鉢には炭火が熾《おき》ていたし、火鉢の上では鉄

瓶が湯気を上げていた。

「娘を雇ったのか」

伊織は火鉢の側に座って、手をかざした。

「はい、私ひとりではね、もうすぐ春でございましょ。これから花見時になりますと忙しいですから」

おときは、おしゃべりをしながら、盃に酒を注いだ。

「でもね伊織様、あたしは、こんなに忙しい思いをしておりましても、これで幸せなのでございますよ」

「ふむ」

「まっ。五十の坂まで働いて、小銭をためて。そしたら二人であっちこっち物見《ものみ》遊山《ゆさん》でもしようって、あの人が……」

「ほう……」

「せめてそれが、俺が好きなことをさせて貰った礼だって」

「長吉が言ったのか」

「ええ、でもね、その時になってみないと、あの人のことですから、やっぱりそれどころじゃねえなんて」

「そうだな。長吉ならそうかもしれぬよ」

二人が、長吉の顔を思い浮かべて笑いあった時、

「何を笑っていなさるんで……」

その長吉が、いつの間にか立っていた。

長吉の後ろには、筋骨逞しい中間《ちゅうげん》のなりをした男が立っている。

「その者は……」

伊織が盃を置いて尋ねると、

「へい、あっしは戸田《とだ》様のお屋敷の中間で銀助《ぎんすけ》と申しやす」

長吉の側に膝を揃えて座った。

「伊織様、八丁堀にあるお旗本戸田様のお中間でございます」

長吉が口添えをした。

「ほう、それで……」

「へい。伊勢屋と越後屋の間には、どうやら凄まじい商いの競争があったと聞きまして、それでいろいろと調べておりましたら、あの辺りのお大名の上屋敷やお旗本、それに町奉行の与力の皆様のお屋敷など、伊勢屋があそこに店を構えるまでは、すべて越後屋が一手に引き受けて酒を販売していたようでございます。と

ころが伊勢屋は、お武家のお屋敷の中間やお台所方のお武家に、さまざまな袖の下を送り続けて、それで得意先を次々と横取りしたというのです」

「まことか」

伊織は長吉と中間を交互に見た。

「まことの話でございます」

中間の銀助は、長吉にかわって話を切り出した。

「あっしども中間にまで酒を振る舞ってくれやして……ところが、越後屋が潰れる少し前のことでした。越後屋の手代の……そうそう、与之助《よのすけ》とかいう男が、こともあろうにうちの戸田の殿様に訴え出たのでございます」

「何……」

「うちの殿様は曲がったことが大嫌いなお方でございます。変人とまでいわれるお人もおられる程のお方でございまして、手代与之助の話を聞いて、家来一同を叱りつけまして」

「ふむ」

「伊勢屋は出入り禁止に致しました。ですがその甲斐もなくまもなく越後屋は潰れましたので……」

「そうか、よく話してくれた、礼を申す」

「いえ、あっしもね、少々の心付けならどの商人もやっていることですから、こちらも喜んでご相伴に預かりますが、伊勢屋のやり方は少々あくどかった。酒や金で屋敷の者を味方につけると、越後屋の酒には水が混ぜてあるなどと言い触らすように、それとなく言ってきましたから」

「そうか……そんなことがあったのか」

「へい。ですから、伊勢屋への火付けは、越後屋の者がやったとしても、無理からぬことと、皆ささやきあっておりやして」

「銀助とやら、お前、越後屋の主が凍死したのを知っておるか」

「噂で聞きやした。気の毒なことでございやす。ですからあっしも、協力する気になったのでございやす」

「銀助とやら、存分に下で飲んで帰ってくれ」

伊織は一朱金を懐紙に包んで手渡した。

「旦那、あっしはそんなつもりは……」

「案ずるな、賄賂などではないぞ。細《ささ》やかな礼のつもりだ」

「ありがとうございやす。それじゃあ、あっしはこれで……」

銀助はぺこりと頭を下げると階下に下りていった。

「伊織様……」

「うむ。やはり伊勢屋に火を付けようとした者は、越後屋の主か、もしくは縁につながる者に違いない。長吉、奉公人の行き先は知れているのか」

「いえ、それはまだ……わかっているのは、遺体を引き取りにきた飯炊きの婆さんだけですが、当たってみますか」

「そうしてくれ」

伊織が頷いてみせた時、

「伊織様、下に鳴海屋さんからのお使いの方がみえております」

おときが階段を駆け上がってきて告げた。

鳴海屋といえば、お藤へのつけ文を預かることになった金之助の店ではないか。

「わかった」

伊織はしぶしぶ立ち上がった。

伊織が、鳴海屋の手代の案内で日本橋の蠟燭問屋に赴《おもむ》いたのは、それからまもなくのことだった。鳴海屋は大通りに堂々と暖簾を張る立派な店だった。

金之助から預かったつけ文は懐にまだあった。処分も出来ずに困っていたところだった。

——今日こそ引導を授けてやらねばなるまい。それが金之助のためだ。

そう思いながらも、お藤が自分を慕っていると知り、一方では妙な後ろめたさもあった。

「どうぞ、若旦那は伏せっておりますので」

手代は暗い顔をして言った。

「何、何の病だ」

「医者にも治せない病のようです」

手代は困った顔をつくると、店の奥に伊織を案内した。

「若旦那、伊織様とおっしゃるお武家様をお連れ致しました」

離れの日当たりのいい部屋の前の廊下に蹲《うずくま》ると、手代は伊織の到来を告げ、静かに戸を開けた。

「これはどうも、ご多忙のところを申し訳ございません」

金之助は、すぐに床からすべり出て、伊織に火鉢の前を勧め、自身もはいずるようにして、そこに座った。

もともと青い顔に、白い粉がふいたような顔色で、金之助は不治の病にかかった病人のようである。

――大の男が……。

哀れといえば哀れだが、いかにも情けない有様だった。

「俺をここに呼んだのは、手紙のことか」

胸の中で舌打ちしながら、金之助を見る。

「言っておくが、俺はお前のような暇な人間ではないぞ」

「申し訳ございません。ですが、私が尋ねて行っては、あなた様も会っては頂けないのではないかと思いまして……おっしゃる通りです、手紙のことです。お藤さんの返事をまだかまだかと待っているうちに、こんなことになってしまいまして」

「情けないぞ、男だろう」

「この通りです」

金之助は手を合わせると、

「実は親父にも叱られまして」

「何、親父殿にまで話したのか」

「はい」

「まるで子供だな」

「そんなことをおっしゃらないで下さいまし。私はこれでも、今日こそはこの気持ちに決着をつけようと決心しまして、それであなた様に本当のところをお聞きしたいと思ったのです」

「………」

「で、あの手紙、渡して頂けたんでしょうね」

「いや、手紙はここに預かっている」

伊織は懐から出して、金之助の手に握らせた。

「ああ……やっぱり、受け取ってはくれなかったのですね」

「そういう事だ」

「ああ……ああ」

金之助は手紙をくしゃくしゃに丸めて放ると、泣き出した。

「しっかりしろ。お藤殿も仕事で忙しい。わかってやれ」

「嘘です。あの人にはやっぱりいい人がいるんですよ。あなた様でないとすれば、誰です、その男は……」

　伊織につかみかからんばかりである。

「そんな者はいないと思うぞ。だがな、こんな話には頃合というものがあるのだ。悪いことは言わぬ。こたびは諦めろ」

「諦めるくらいなら死にます」

「何を馬鹿なことを」

「本当です。越後屋さんのように凍死します」

「金之助、お前、越後屋を知っているのか」

「知っていますとも、越後屋さんもうちの取引先でしたからね。それに、あそこにいた手代の与之助は、幼い頃は私とは手習所で友だちで、うちのお店にも使いで来ていましたから」

「何、手代の与之助も知ってるのか……すると、越後屋の凍死の話は、その与之助から聞いたのか」

「はい。与之助も生きる望みを失ったと言っておりました」

「いつ会ったのだ」

「越後屋さんが亡くなった翌日です。両国でばったり会ったんです。与之助は越後屋さんに拾われて育てられた人ですから」

「何……それで、与之助は今どこに住んでいる」

「知りません。酒の立ち売りをして暮らしていると言っていました。うちにこないかと誘ったんですが迷惑をかけるからと言いまして……でもなぜ、そんなことをお聞きになるんですか」

「いや、ちょっと気になっていることがあるのだ」

「それより教えて下さいよ。お藤さんのいい人を」

金之助は、体をよじって取りすがった。

「やめなさい、みっともない」

庭から初老の男が入ってきた。

「おとっつぁん」

初老の男は、どうやら鳴海屋の主で、金之助の父親のようだった。

「恥を知りなさい。だるま屋さんにも迷惑なことだ」

鳴海屋は金之助を叱りつけると、

「たいへん申し訳ございませんでした。どうぞもう、放っておいて下さいませ」

頭を下げたが、顔を上げると、

「もしや、あなた様は秋月様の……」

驚愕して目を見開いた。

「私はこの家の主で利右衛門《りえもん》と申します。お屋敷には何度かお伺いしたことがございまして、あなた様のお姿もちらと拝見……」

「鳴海屋」

伊織は首を振って制すると、

「兄は兄、私は私……縁があって吉蔵の手伝いを致しておる」

「恐れ入ります。まさか、あなた様のようなお方が……」

利右衛門は平身低頭した。

「おとっつぁん、何の話なんだ……何を言ってるんだい」

きょとんとして見る金之助に、

「ばか者！」

利右衛門は、震える手で金之助の頬を張った。

四

「伊織様、与之助は現れましたか」

伊織が両国橋の掛茶屋から橋袂を見張り始めて四半刻も経った頃、長吉が初老の女を伴って入ってきた。

「いや、まだだ。金之助の話では酒の立ち売りをしているらしいから、現れれば目につく筈だが」

「まさか鳴海屋の若旦那は、いい加減なことを言ったんではないでしょうね」

「いや、あの男は嘘をつけるような男ではない」

「まっ、おきん婆さんに来て貰いましたから、現れれば見間違うこともねえでしょうが」

長吉は言い、この人が越後屋で飯炊きをしていた、おきん婆さんだと伊織に紹介した。

「おきんでございます」

おきんは、胡麻塩のかかった頭を下げた。着物の襟にかけた黒襟は相当使い古して毛羽立ってはいるが、洗濯をした小綺麗な装いで襟足の乱れもなく、少なくなった髪をきりりとひっつめている。

越後屋時代から、飯炊きとはいえ、質素に律義に生きてきた一端が窺えた。

「ごくろうだが、協力を頼むぞ」

伊織が笑みを浮かべておきんに言うと、

「でもお武家様、どうして越後屋にいた者たちをお調べになっているんでございますか。何か悪いことでもしたとおっしゃるのでしょうか」

おきんは怪訝そうな顔をして言った。

「いや、そうではない。少し気になることがあってな」

「もしや伊勢屋さんが火付けに遭った、そのことでしょうか」

「うむ」

「つかまえてお役人に引き渡す、そういうことでしょうか」

「そうではない。誰であれ、もし犯人がわかれば、未然に防ごうと考えているのだ。誤解のないように言っておくが、これは伊勢屋のためだけじゃない。もしもだ、もしも越後屋の者がかかわっているのなら、今なら間に合う。助けてやりたいのだ」

「旦那……」

おきんは突然、顔をくしゃくしゃにした。

「すると旦那は、与之助さんにもそのことを……」

「そういうことだ。与之助は越後屋の喜助に育てられた人だと聞いた。主が凍死したことを知れば、伊勢屋を恨みたい気持ちになるやもしれぬ」

「それじゃあ旦那、越後屋がなぜ潰れたのか、ご存じでございますか」

「おおよその話は聞いた」

「そうでございましたか……実を申しますと、こんな年頃でなかったら、このあたしだって、石のひとつもあの店に投げてやりたい気分でございます。飯炊きのあたしだって、どんなに伊勢屋さんが酷いことをして得意先を横取りしたのか、知っておりますから」

「ふむ。越後屋は酒に水を混ぜて売っていると言い触らしたらしいな」

「いいえ、私が知っているのは、毒が入っているなどと怒鳴り込んできた人がいるんですよ」

「何、毒だと」

「はい。根も葉もない話です。大工のおかみさんでしたが、風邪をひいて寝ていた亭主が酒を飲みたいと言った。それでうちの酒を飲ませたら翌朝死んでしまった。するとですよ、伊勢屋さんの店の人が言ったそうです。それは酒があたったんだ。毒でも入っていたんじゃないかと……」

「婆さん、その話、嘘ではないな」

長吉が険しい顔で聞いた。

「嘘なものですか、そんなこんなで、店の悪い噂がたちましてね、あっという間に潰れてしまいました。そうそう、その時与之助さんは旦那様に抱きついて大泣きしておりましたよ……」

おきんの話によれば、越後屋には息子がいなかった。娘は一人生まれていたが体が弱く、それもあってか越後屋は、店の前に捨てられていた与之助に期待をかけて育てたのだとおきんは言った。

「与之助さんが十五歳になってまもなくのことでした。ふっと三日ほどいなくなった事があります。帰って来た時にはもうぼろぼろの状態で、どうやら自分を捨てたおっかさんを探しに行っていたらしいんですがね。旦那様は少しも叱らず何にも聞かず、ご自分の部屋に呼んで、お前はここの子だから、それを忘れるなって、自分が大切にしていた薬籠《やくろう》を上げたんです。その時あたしもおかみさんと側にいたんですが、与之助さんはもう、その薬籠を抱き締めて泣いておりました。私もおかみさんも貰い泣きしました」

「すると……与之助は奉公人の中では誰よりも伊勢屋を恨んでいる、そうだな、おきん婆さん」

「親分さん、誤解しないで下さいまし。それはそうかもしれませんが、与之助さんはそんなことをする人ではありません。だいいち旦那様はお店が潰れた時におっしゃいました。こうなったのは私に才覚がなかったからだ。伊勢屋さんを恨んではいけない。お前たちは新しい奉公先で再出発をしてくれと……そして、今にもまして元気で働いてくれることが、自分には救いになるのだと……そんな旦那様の気持ちを無にする訳がございません」

「わかった、わかった。婆さん、あっしも旦那も、先にも言ったような気持ちでいるんだから、安心して甘いものでも食べてくんな」

長吉がおきんの気持ちを慰めたその時、

「与之助さん……」

おきんが団子を持ったまま立ち上がった。

おきんの視線の向こう、橋の袂には、若い男が担いできた酒桶《さかおけ》を下ろす姿が見えた。男は右の足をほんの少し引きずっているように見えた。

「あれが与之助か」

伊織が尋ねると、おきんはこくんと頷いて、

「苦労してるんだね、与之助さん」

そっと涙ぐむ。

与之助は二つの桶の上に酒枡《さかます》や柄杓《ひしやく》をおくと、往来する人たちに向かって売り声を上げた。

「灘《なだ》の酒、伏見《ふしみ》の酒、下りの酒……」

しっかりした体つきだが、表情には疲れがみえる。

奥目の、唇の厚い男だった。

「伊織様、あっしがこちらに呼んできます」

長吉は言い、茶屋を出ると、与之助に駆け寄った。

ひとことふたこと、二人が言葉を交わしているのが見えた。

与之助は、ちらとこちらに視線を投げたが、次の瞬間、突然長吉を振りきって人込みの中に走り去った。

「待ちな」

長吉が叫んで後を追うのが見えた。

――しまった。

伊織も茶屋を走り出た。おきんも後ろから小走りしてついて来た。

二人が与之助が遺した桶のある場所まで走ると、長吉が引き返して来た。

「すみません、逃げられやした。越後屋にいた与之助さんだねと聞きましたら、人違いだというんです。それで、いや与之助さんだとわかっているんだと強く言ったのがいけなかったのか、あっしとしたことがまずいことを……」

長吉は、与之助が置いて行った桶を見た。そして柄杓を取り上げて、

「また、戻ってきますかね」

「旦那、あたしが預かりますよ。あたしが働いている旅籠はすぐ近くなんですから。与之助さんはあたしの居場所は知っています。この間旦那様がお亡くなりになった時に、一度訪ねてきていますからね」

与之助が戻ってきたら皆さんが心配して下さっているのだという事を伝えますと、おきんは言った。

――あれだな……。

土屋弦之助は、江戸橋の南の河岸地に店を張っている屋台の蕎麦屋の明かりを見て呟いた。

蕎麦屋は提灯《ちょうちん》に『そば一番』と書いてある。

二八蕎麦ではなく、なんでも一番、一番うまいということらしい。

しかし、客は一人もいなかった。

弦之助はゆっくりと近づくと、湯気の中で煙草をくゆらしていた親父に言った。

「親父、蕎麦をくれ。酒も頼む」

「へい。何にいたしやしょう」

親父は湯気の中から、顔を突き出すようにして聞いてきた。

「そば一番とあるが、いろいろ出来るのか」

「かけそば、あられ、てんぷら、花巻」

つっけんどんに言う。

「かけとてんぷらはわかるが、そのなんだ、あられというのは」

「ばか貝の貝柱をのせたものです」

「花巻はあぶった海苔をかけたものだな」

「さようで」

「値段は二十八文なのか」

「まさか旦那、よその蕎麦とは違うんですぜ、冗談はよして下さいまし。うちはかけでも三十二文頂きやす」

「じゃ、かけだな」

「へい……」

なんだ、そんなことなら聞くことはねえだろ、といったような顔をして、親父は湯飲みに酒を入れて突き出した。

愛想の悪い親父だが、一口飲んだ。酒の味はよかった。

「親父、頃合いだ」

「へい」

続いて蕎麦が出てきた。

一口すってみると、なるほどうまい。

「蕎麦もうまいな」

「ありがとうございます」

無愛想な親父が、にっと笑って返してきた。

「ところで親父さんは、川向こうの八丁堀辺りにも行くことはあるのかい」

「ありやすよ。ですがもう止めました」

「何故だ」

「先月の末でしたか、あっしは火付けをみちまったんでさ」

親父は酒や蕎麦を褒められて、口の滑りがよくなったようだった。

「ほう、そうか、あの伊勢屋のあれだな」

「へい。それで度々お役人から訪ねられたり呼ばれたりして、商売にならなかったんでさ。ですから、あの辺りはもう……」

「それは気の毒だったな」

「だいいちあっしは、見たといっても火を付けている黒い影を見ただけですから。顔を見た訳じゃねえ」

「ふむ。火をつけるところをな……で燃えあがったのか」

「いえ、相手もあっしに気がついたようでして、軒下に火種を放り投げて逃げていきやした。で、あっしがそれを消しましたので」

「なるほどな。しかし遠くからでも、太っていたか痩せていたか、武家なのか町人なのか、それぐらいはわかるだろう」

「旦那、旦那はいったい……」

親父は突然怪訝そうな顔をして見返してきた。警戒の色が投げかける視線に漂っている。

「案ずるな、俺は役人でもなんでもない。見ての通りの素浪人だ。いや、あの辺りに嫁にいった妹が住んでいるのだ」

「そりゃあまたご心配なことで……しかしもう案ずることもねえんじゃないですかね」

「何故だ。何故そんなことがわかる」

「あれから町方の旦那がたも気をつけておられるようでございますから、今度火を付けようとした時には、わざわざ捕まりに行くようなものでございますからね。あの足じゃあ見つかったらおしまいですよ」

「あの足とは……」

「どこかで怪我したのか、足を引きずっていましたからね」

「ほう……怪我をな」

「へい。まっ、そういうことですから、お身内の方たちには、あんまり心配なさらねえようにと……」

「いやいや、親父、うまかったぞ」

弦之助は、最後の汁を吸いきると、親父にことさらのお愛想を言った。

五

「いやな話になってきましたな、伊織様」

吉蔵は箸を置くと、莚に片膝ついて報告した伊織と弦之助を交互に見て言った。しかしそのすぐ後から、ごほごほと咳をし、ちんと鼻をかむ。そして今度は酒で喉を潤すのであった。

「風邪をひいたのか」

「はい。熱はございません。たいした事ではございません」

「しかし、こんなところでは埃も立つ。今日は店仕舞いをしたらどうだ」

「伊織様、この私が風邪ぐらいで店を休んでは、だるま吉の名が泣きます」

吉蔵はぎろりと目を剝いた。

「いいんですよ、伊織様。おじさまはわたくしの言うことも聞いてくれないんですから、放っておいて下さいませ。熱を出して、うんうんうなっても知りませんから……そうですね、おじさま」

熱い茶を運んできたお藤は、吉蔵を一瞥《いちべつ》すると皮肉たっぷりに言い、伊織と弦之助の前に茶を置いて、店に引き上げて行った。

先頃の金之助の一件で、腫れ物に触れるような思いでお藤を見ていた伊織も、いつもと変わらぬお藤を見て、内心ほっとした。

だが吉蔵はというと、さすがにお藤に言われては返す言葉がない。苦笑してやりすごすばかりであった。

だが吉蔵はすぐに真顔になって、

「土屋様の話も考え合わせますと、やはり火付けは与之助かもしれませんな」

「どうする親父さん」

弦之助が、茶を一口すすってから聞いた。

「だるま屋の仕事は、この世でおこったことを、ありのまま書き残すことです。ですから間違いがあってはなりませんので皆さんに真実はどうだったのかという調べをして頂いております。しかし……」

吉蔵は、また咳をして鼻をかみ、酒で喉を潤してから、

「みすみす罪を犯そうとしている者を、黙って見過ごすことは出来ませんな」

「親父さん」

「土屋様、伊織様、私も少し話を拾ってみたのですが、伊勢屋清兵衛という男は、なかなかの食わせものでございますよ」

吉蔵は、含みのある笑みを口辺に浮かべて二人を見ると、

「八丁堀にある米問屋の山城屋さんが昨日立ち寄りまして、その時聞いた話ですが、伊勢屋清兵衛という旦那は、京橋《きょうばし》にあります両替商の伊勢屋さんの三男坊らしいんですがね。あそこに店を出すまでにはさまざま問題を起こしているようです。父親は金がうなるほどある訳ですから、その都度みんな金で尻拭いをしてきた。世間体も悪いというのであの酒屋をやらせているようなんですが、親子ともども手段を選ばずって具合ですから、皆眉を顰《ひそ》めて見ているというんです。越後屋の一件も近隣の者たちは同情しておりまして、伊勢屋が火を付けられたと聞いても罰があたったぐらいにしか思っていないとか……まっ、評判の良くない男ですよ伊勢屋というのは」

「許せんな」

弦之助は口を引き結んで言った。

「悪の栄えたためしはないと申しますが……」

吉蔵は溜め息をついた。

「しかしどんな理由があれ、火付けは重罪だ。言い訳は出来ぬ」

「伊織様のおっしゃる通りでございます。今までに失敗したとはいえ火付けは三度、今度はお役人も黙ってはいないでしょう」

吉蔵はそう言うと、また激しく咳き込んだ。

――あの様子では与之助はまたやるに違いない。

伊織は暗い面持ちでだるま屋を後にした。


――おきんでも訪ねてみるか……。

神田川まで出て、足を東に向けた。

「秋月様……」

河岸から伊織を呼ぶ声がした。

――金之助か……。

まだお藤のことが諦められないのかと、うんざりした顔をして見迎えると、金之助は意外にさばさばした顔で近づいて来た。

「先日は申し訳ありませんでした。私もおとっつぁんにさんざん叱られまして、それでお詫びの気持ちと申しますか、秋月様が気にかけておられた与之助を捜しておりました」

「何……」

「秋月様、与之助は越後屋さんを埋葬した御蔵前近くの浄願寺《じょうがんじ》に、毎朝お参りしていますよ」

「浄願寺だな」

「はい。私は今朝この目で見ております」

「そうか、俺も捜していたところだった」

「よかった、お役にたったようでほっとしました。これでお藤さんにも顔向け出来ます。では……」

金之助は踵を返した。

胸を張って去る金之助の後ろ姿に、

――あいつふっきったようだな。

伊織は胸のつかえがおりたような気がしていた。

暦の上では春とはいえ、まだ明け方は肌を刺す冷気に包まれていた。

与之助は浄願寺の門が開くや、寺内に足を踏み入れた。

境内には朝靄が流れていて、本堂の方からは読経の声が聞こえて来る。声は一人や二人ではなく、数人か十数人か、諷誦《ふうじゅ》の声は小さなうねりとなって玉砂利を踏む与之助の心髄に滲みてきた。

与之助は、越後屋の主の遺体を、おきんが縁を頼ってここに埋葬したと知り、それから毎朝人知れず墓に参っているのである。

墓といっても、平たい石を立てただけの簡素なものだが、与之助はかつての主の墓を水で清め、線香を上げてきた。

酒の立ち売りをしていた時には、湯飲み一杯の酒も供えてきた。

しかしその酒も、両国橋の袂で岡っ引きのような男に声をかけられ、商売道具の酒桶を置き去りにして逃げてからは供えていない。

だが今日という日は、越後屋が凍死した日から数えて三十五日目に当たる。

与之助は昨日のうちに買い求めていた、はかり売りの酒を竹筒に入れ腰にぶらさげて来た。

――墓参りもこれが最後だ。

与之助は、つとめて平然としていつものように水汲み場に向かった。

水汲み場には二尺四方ほどの石船が据えてあり、水はこの石船から桶に取り分けて墓地まで運ぶ。

た。

──おや……。

石船に柄杓を差し入れようとして、与之助は微かな抵抗にあってその手を止めた。

覗き込むと、うっすらと膜が張っている。

薄氷だった。

与之助は手をひっこめた。

長い時間をかけてようやく張りついた透明なその膜は、自分が越後屋で積み上げてきた商人としての何か、目には見えない希望というものを形にすれば、この薄氷のようなものではなかったかと、ふと思ったのである。

与之助が築き上げてきたものは、越後屋が潰れるまでは、鋼《はがね》のように固くて確かなものだと思っていた。

ところがそれは、一瞬にして粉々になるような、頼りない代物だったのである。

失意のうちにも一度は心を奮い立たせて、その残片を拾い集めてみたこともあった。だがそれは、もうけっしてもとの形に戻すことは出来ないのだという現実を、与之助は放浪の暮らしを通じて思い知らされたのである。

いかに自分が、主の喜助から温情を注いでもらっていたのかという事も、改めて知ったのであった。

そんな自分の人生と重なる薄氷を、壊してしまうことが恐ろしくて与之助はふと、柄杓をひっこめたのである。

だが、それも一瞬のこと、与之助は柄杓の頭でこつんと氷をつっついた。

そこだけ穴をあければいい。遠慮がちに角を当てたが、氷はしゃりしゃりと音を立てて辺り一面割れてしまった。

与之助は、氷のかけらごと水を汲んで桶に入れ、ゆっくりと墓地に向かった。

「旦那様、今日はお別れに参りました」

与之助は線香を手向《たむ》けると手を合わせた。

竹筒の酒も供えた。

懐から巾着を取り出すと、黒々とした肌をみせている土の上に置いた。

巾着には、凡《およ》そ十両の金が入っている。越後屋で暮らした長い間に、こつこつとためたものだった。

そしてその十両は懐紙に包んであり、それには越後屋喜助の供養に用立ててほしいと走り書きがしてあった。

十両の金は、与之助の全財産であった。

——旦那様、この品だけは私に持たせて下さい。

与之助は腰にぶらさげている薬籠にそっと手を添えた。その時である、

「与之助だな」

与之助の背に呼びかけた者がいる。

振り返ると武家が立っていた。

伊織である。

「あなた様は……」

警戒の目で見返してきた与之助に、

「俺は秋月伊織という。偶然、越後屋が凍死した寺を通りかかってな、越後屋の遺体が運ばれて行くのを見送った者だ」

「では、旦那様の最期をご覧になったんですね」

伊織は頷くと、

「気の毒だった」

「旦那様が……」

与之助は悲痛な声を上げ、墓に向き直ると、

「旦那様……私はずっと旦那様を探しておりました。まさか放浪の暮らしをして

いたとは……さぞかし、悔しくて、辛くて……お力になれなかった不幸をお詫びします」

手をそこにがばとついて、頭を垂れた。

「越後屋の最期を見た者は、俺だけじゃないぞ。お前に両国で話しかけたあの男も俺の仲間で長吉というのだが、越後屋を回向院まで運ぶのを手伝っている」

与之助の顔が驚きの顔に変わった。

「お前はあの時、何故逃げたんだ」

「…………」

「逃げねばならぬ理由でもあったのか」

「お武家様……お武家様はいったい」

「俺はお記録屋の見届け人だ」

「お記録……あっ、御成道の」

与之助は、小さな声を上げた。

主の喜助の寄り合いのお供をした折、酒店の主たちが全国の米の出来高や御勘定奉行をはじめ、お役人の移動など、御成道のお記録屋の書き物を頼りにもして重宝していたのを知っていた。

与之助は、伊織がお記録屋の者と聞いて、身を固くした。

「俺たちは伊勢屋への火付けが三度にも及んだと聞いたことから、伊勢屋のまわりを調べていたのだ。それで越後屋が伊勢屋に姦計《かんけい》をもって潰されたという事情も知ったのだ」

「秋月様……」

一瞬、与之助の目が縋るような色に包まれた。

「事情がわかればわかるほど、伊勢屋火付けの一件はかつての越後屋の者がかかわっているのではないかと案じてな……役人にいらぬ疑いをかけられぬよう気をつけろと言いたかったのだ」

「………」

「特にお前は、主の喜助から特別に目をかけられていたというではないか……一番に疑われるぞ」

「越後屋の旦那様は、この世でたった一人の、父親のような存在でございました。そのことで、私が疑われるのなら仕方がありません」

「育てて貰った恩があるのは知っている」

「通りいっぺんのご恩ではございませんでした。私が十五歳になった時のことです。孤児の私を手厚く育てて下さった旦那様とおかみさまがいるにもかかわらず、私は一度でいい、自分を産んだ母に会いたいなどと考えたことがございました。それまでの暮らしが苦痛に満ちたものだったら、私は母を恨んで育っていたのかもしれません。でも私は捨て子としては、たいへん恵まれた環境で育ちました。食べ物の心配をしなくてもよかったし、前途も見えるところで暮らしていて、幸せだったのでございます。自分が幸せなら、私を捨てた母とはいえ、幸せであってほしいなどと願う余裕もあるのです。また、私の暮らしも知らせてやって、安心して貰いたい。きっと捨てた息子のことを案じながら暮らしているに違いないと、ずっと考えていたんです……」

与之助は、胸のうちを一気にしゃべった。

胸のうちを吐露する相手とようやく巡り合った、そんな感じであった。

与之助は、かねてより十五歳になったら母に会いにいこうと計画を立て、仕事の合間に母の消息を調べていた。

そしてとうとう、自分を捨てた母はおとしという人で、今は向嶋で暮らしているというところまで突き止めた。

主の喜助にもおかみさんにも、むろん店の友達にも黙って家を出た与之助は、母のおとしに会うために向嶋に走った。

訪ね訪ねて、母の住家にたどり着いたのは、その日の夕刻だった。

母は小柴垣をめぐらした誰かの別荘のような家に住んでいた。

与之助の胸には、迷いが生じ始めていた。

与之助は十五歳である。

そういう家には、どんな種類の人間が住んでいるのか、大人の世界も理解出来る年頃である。

家の前に佇《たたず》んだ時、しばらくは母を侮蔑《ぶべつ》し、吐き気をもよおしたが、やはり母への思慕《しぼ》はそれ以上に強く、元気で生きていてくれただけでも喜ぶべきだと気持ちを切り替えていた。

それほど母と再会を果たしたかったのである。

芝の戸を開けると、庭の方から声がした。

「誰……」

「おとしさんでございますか」

庭にまわって恐る恐るおとないを入れると、庭に面した部屋の障子が開いて、中年の、縞の着物を着崩した女が、

「あんた誰なのさ……」

襟足に落ちた髪をかき上げながら、縁側に立った。

女はついでに、大きなあくびをした。

昼寝でもしていたようで、世間の時刻などとは無縁のような、だらしないあくびだった。

その口許の右側には、小豆大《あずき》のほくろが見える。

――間違いない。

与之助は、そのほくろを見て、母だと確信した。

「あの、覚えていますか……八丁堀の、越後屋の前に捨てられていた者です。与之助といいます」

与之助は声を震わせて言った。

「越後屋の前……ああ」

「おっかさん……ですね」

与之助は思いきって呼んでみた。

だがおとしは、一度は驚愕の眼で与之助を見るには見たが、すぐに鼻で笑うと、

「あたしがお前さんのおっかさんだって。冗談言わないでおくれでないか」

「おとしさんというのだろう……」

「おとしはおとしだけど、あたしはね、子供なんて一人も産んだことないのさ。誰かと間違えてるんだ」

「ちゃんと調べてきたんです。私のおっかさんは、染井《そめい》王子《おうじ》巣鴨《すがも》村の生まれで」

「あたしは小梅村の生まれさ、場所も方角もまったく違うね」

「その口許にあるほくろは……」

紛れもなくおっかさんのしるしだと言おうとしたが、おとしの声に直ぐにかき消された。

「ほくろがここにある女なんて、この世に五万といるさ。いい加減にしておくれ。お前さんのような者におっかさん呼ばわりされては迷惑なんだよ」

「………」

「そうか、わかった。あんた、なんだかんだとあたしに言い寄って親子の縁を結び、あたしからなにがしかの金をせびりとろうというんだね」

「………」

「おお、やだやだ……言っておくけど、仮にだよ、仮にあたしがあんたを捨てた母親だったとしても、もう昔のことさね……まっ、あんたが大金でも持ってきたのなら別だ。その時には母親になってやってもいいよ」

おとしは、互いの手を互いの袖口につっ込んで腕を組み、くすくす笑った。

その笑い声を聞いた時、与之助はその家を飛び出していた。

あんな情けないだらしのない女が母親だったのかと思うと、会いに行ったことを後悔した。

再会を果たさなければ、母は夢の中の母であり続けたのである。

優しい母だと信じていたその母親像までぶっこわしてしまった与之助は、深川の盛り場をうろうろして二晩を過ごした。

真面目に生きる気持ちが失せていた。

しかし、三日目には思い直して、越後屋に立ち戻り、主夫婦の前に詫びを入れた。だが、母親に会いに行ったなどと、口が裂けてもこの二人の前で言ってはいけないと思っていた。

ところが主の喜助は、

「何も言わなくてもいい、よく帰ってきた」

喜助は、一言も怒らずに迎え入れてくれたばかりか、自分の部屋に連れて行き、自分の薬籠を文箱から取り出すと、与之助の掌に載せた。

「私が一番大切にしてきた物だ。私の父親から貰ったものだが、これをお前に譲ろうと思ってな」

「旦那様……」

　薬籠を掌に包むようにして、与之助は主の顔を見返した。

　与之助は、そこまで話すと、

「これがその薬籠でございます」

　伊織の前に、腰の薬籠を引き抜いて見せた。

「この世に私に親という者がいるのなら、それは旦那様のことでございます」

「そうか……そういうことなら尚更、お前はこの先の人生を大切に生きていかなければならぬな」

「………」

「越後屋もそれをきっと望んでいる筈だ。お前が元気で、希望をもって生きていってくれる事を願っていた筈だ。責任が重いぞ」

「秋月様」

「くれぐれも言っておくが、あらぬ疑いをかけられぬように、伊勢屋に近づくво

ないぞ」

　伊織は厳しい声で言った。


　風があった。

　与之助は暗くなるのを待って、弁慶橋《べんけいばし》の袂にある髪結い床から奥に入った、古い裏店を出た。

　草鞋《わらじ》を履き、裾を尻はしょりし、振り分けを肩にかけた旅姿であった。

　歌にもあるように旅に出る者は、通常は朝早くに発つ。夜をわざわざ待って出立する者はいない。

　髪結い床で張り込んでいた長吉は、与之助が裏店を出て行くのを見届けると、

「すまねえな。御成道のだるま屋だ。言伝を頼んだぜ」

　店の者に頼むと、与之助を追った。

　この裏店を与之助が住まいとしていたという事は、今朝知ったばかりである。

　浄願寺の表で、伊織に言われて与之助が出て来るのを待ち受けていた長吉が、後をつけて、それで長屋を突き止めている。

　しかしその長屋を張り込んだのも今日一日、与之助は家財道具の鍋や布団を処

分し、家賃も大家に支払っている。身辺の片づけを綺麗に済ませたのだった。

与之助は神田堀を渡ると、小伝馬町《こでんま》に出た。

そこから西に向かって大通りを歩き、本石町《ほんごく》から南に向かって日本橋を渡った。

時の鐘が五ツ（午後八時）を告げた。

――東に向きを変えれば、伊勢屋に向かうということだ……。

長吉は緊張してつけて行く。

「曲がった」

長吉は舌打ちするように口走った。

与之助は蔵屋敷を右手に見て江戸橋まで出ると、袂にある縄暖簾に入った。

その縄暖簾で半刻ほどを過ごした与之助は、用心深い足取りで海賊橋を渡った。

ここからは与之助は、大通りを歩くのを止めて、横町や路地を伝うようにして歩いて行った。

鍛冶町の伊勢屋の前に立った時には、もう人通りはすっかり絶えていた。

ここら辺りは、町地が武家屋敷のあいだあいだに、紙切れを差し込むようにして建っている。

鍛冶町は武家地の間に出来た町だった。

月の光は弱かった。

長吉の目には、与之助の姿は影法師のようにしか見えなかった。

与之助は行ったり来りしていたが、やがて塀の外に設置してあるごみ箱の前にしゃがんだ。

振り分けを下ろして、そこでしばらくもそもそしていたが、やがて、カチカチという音を立てた。

長吉は飛び出した。

「待ちなさい、与之助」

走り寄る長吉より一足早く、与之助はぼろ切れを丸めたものを棒の先に取りつけて、それに火をつけて立ち上がっていた。

手には竹の筒を握っていたが、すぐに手放した。

がらがらと音を立てて、竹筒は転がった。

どうやらそれに、油を入れてきていたようで、その油は手元のぼろ切れがたっぷり吸って、赤い炎を上げている。

「覚えているだろう、俺だ。その火を消しなさい」

じりっと寄る。

「来るな……私が恨みを晴らさなければ、伊勢屋は安泰、悪が栄えることになる。お奉行所が罰を与えてくれるのか、何もしてくれないじゃないか」

「話はあとで聞く。とにかくその火を手放すんだ」

「うるさい、帰れ」

与之助は、ぼろ切れの松明《たいまつ》を高く掲げた。

「待て、止めろ」

黒い影が走って来た。陰の声は伊織だった。

「くそっ、邪魔をするのか」

与之助は悲痛な声を上げると、ごみ箱の蓋を開けて、その中に火の束を放り込んだ。

「馬鹿」

長吉がそのごみ箱に飛びついた。

首をつっ込むようにして、火の塊を外に放り投げた。

「止めてくれ、放っておいてくれ」

与之助は、長吉の襟首をつかんで、やめさせようと必死である。

その時だった。

物陰に潜んでいたのか、捕り方たちが十人ほど、与之助を囲んだ。

「臨時廻りの片岡善八だ。越後屋の手代与之助、伊勢屋への火付け、この眼でしかと見た。召し捕れ」

駆け寄った伊織は言った。

「だるま屋の見届け人だ。これには深い訳があった。幸い火事になることもなく火は消えた。寛大な処置を願いたい」


『北八丁堀越後屋喜助召使与之助、このたび、町中引廻しの上火あぶり……この者、越後屋の同業、酒屋伊勢屋清兵衛の店に三度ならず四度も火を付くるなり。三度目には夜蕎麦売、是を見付る也。四度目には張り込んでいた臨時廻り片岡善八、召し捕らえる也。但し、右之一件は、越後屋喜助、家は古き酒屋にて、越中《えっちゅう》様、九鬼《くき》様、其外近所之御屋敷方は皆々出入りにて、相応之身代なりしが、近年伊勢屋清兵衛が見世を出し、せり込て、段々売場を引きたくりける故、越後屋は段々衰え、ついに店は大戸を下ろして皆散り散りになりぬ。召使与之助、これを残念に思いて、火を付候よし也……』

吉蔵はそこまで記すと、ふと気配に気がついて顔を上げた。

「これは伊織様……」

「越後屋の一件か……」

伊織は膝をついて、吉蔵の筆の跡を見た。

「気の毒な話でございましたな、伊織様……」

吉蔵は筆を置いて言った。

「うむ……」

伊織は品川の刑場に向かう与之助と、さる寺で面会した。

お藤も馳走を折に詰めて同道した。

与之助は馬から引き摺《ず》り下ろされると、後ろ手に縛られたまま、伊織とお藤の前にやってきて座った。

「すまぬが、この馳走を食する間だけでも、その縄をとってやってくれぬか」

舌打ちする役人に伊織は頼み込んで、与之助を縛っている縄を解いてもらったのである。

「与之助、伝えておくことがある。俺たちの仲間に土屋という男がいるのだが、その者が、昔伊勢屋が酔っ払った喧嘩の果てに、大工を殺してしまった事件をかぎつけてな。伊勢屋は金の力を借りて、大工の家族も、それを知る人たちの口も封じ込めてきたのだが、その事件の証人となってもいいという人間を見つけ出したのだ。越後屋を悪い噂でおとしめて潰したことは、もとから明白……伊勢屋はもう助からぬよ。罰を受けることになる」

「秋月様……」

与之助の双眸が、涙で膨れ上がった。

「与之助さん、せめてわたくしの手料理を味わって下さい」

お藤が、風呂敷を解き、塗りの重箱に入った料理を差し出すと、与之助は、

「う、うまい……」

咽《むせ》びながら口に押し込んだ。

与之助は、この世の名残のお藤の料理を平らげると、

「重ね重ねありがとうございました」

深々と礼をして、また後ろ手に縛られて、馬上の人となった。

まだ、その光景が、まざまざと脳裏に浮かぶ。

「そうそう、伊織様、伊勢屋が店を没収されるようでございますよ」

「まことか」

「はい。たった今お役人から仕入れた話でございます。これで与之助も浮かばれ

ます」
吉蔵はほっとした顔をしてみせた。

第三話　悲恋桜

一

「伊織様……」

お藤は立ち止まると、ふわりと白い顔を伊織に向けた。

本所に住む、さる旗本のご隠居に、風説を集める記録好きの人がいる。

吉蔵はそのご隠居向きの話がたまると、伊織や弦之助に届けさせているのだが、今日はお藤が隅田川堤《すみだがわづつみ》の桜が見たいなどと言い出して、ご隠居を訪ねる伊織につい て来た。

そこで伊織は、吉蔵の用向きが終わった帰りに、お藤と長命寺《ちょうめいじ》のあたりまでそぞろ歩いて来たのだが、時は夕闇が迫る頃、薄墨色《うすずみいろ》に覆われた大川路の桜並木で、雪洞《ぼんぼり》に一つ二つと灯がつき始めると、その灯に照らし出された桜の花があやしいまでの姿をみせた。

しかもそこに、川上の方から踊りの一団が近づいてきて、お藤は思わず感嘆の声を上げたのである。

春の初めの歌枕　霞《かすみ》　鶯《うぐいす》　帰る雁《かり》　子の日　青柳　梅桜
三千歳になる桃の花

『梁塵秘抄《りょうじんひしょう》』の中の一節を取り入れた、春を愛《め》でる歌のようである。
十五、六から十八ぐらいまでの娘たちが、踊りの師匠の三味線と音頭で、これを歌いながら、踊りながら桜路をゆっくりとやって来る。
皆一様に桜の花を散らした小袖に、市松模様の帯を締め、頭には花笠をかぶっている。

そしてその手にあるのは桜の造花、手を動かすたびに、振り袖と一緒に花が舞う。

このような一団は、花見の季節にはあちらこちらに現れて、花見弁当を広げている人たちや、そぞろ歩く花見の客に、一段とこの世の春を知らしめてくれるのである。

つまり花見の路は、一年の芸事を披露するところでもあり、また大道芸人たちの絶好の演舞場ともいえるのだった。皆この日のために習練を積んできているのである。

いや、それだけではない。市井《しせい》の人たちも扮装をこらして練り歩いたり、とっておきの芸を披露したりするのであった。

毎年花見の季節になると、ここ隅田川堤をはじめ、ご府内の桜の名所は早咲きの桜から一重、八重、遅咲きの桜と移って行くが、人々はそれぞれの桜の盛りを追っかけるようにして、この世の春を謳歌するのだ。

そう……それは、寒い間地中に眠っていた動物たちが、いっせいに春の日の太陽を求めて地上に我先に這い出してくる時のような、そんな感じがしないでもない。

重箱に料理と酒を詰め、女たちは、この日のために花見小袖を新調して、それとなく競い合う。

そういった晴れ晴れしいところに、若い踊り子が練り歩いて来る。

花見の客も大喜びするのであった。

「美人揃いではないか」

伊織が相槌を打つと、

「まあ、伊織様ったら……」

お藤はきゅっと睨んできた。

——ふむ。これだから女子は難しい。どう相槌を打てば気が済むのだ……。

伊織が苦笑して見返すと、

「でもね、私ときどき思うんです。忙しい毎日を送っているけど、おじさまのお陰で幸せだって」

「ふむ」

「だってそうでしょう。おじさまのお記録を読んでいると、毎日のようにどこかで何かが起こっているのですもの。平穏無事に過ごせることがどんなに幸せなことなのかって、つくづく……」

伊織も頷いた。

「とかなんとか言いながら、桜もち買ってきます」

お藤は言い、伊織をそこに残して一人で餅屋の前の行列に加わった。

——この分なら小半刻はかかるな。

お藤が並んだ行列を見た伊織は、向こうの堤に店を出している屋台の酒屋に足を向けた。

薄暗くなった路を、酒屋の提灯目指して足を速めたその時、黒い影が全速力で横切った。

するとまもなく、その影を追って、二人の男が走り抜けた。

——やっ。

その一人が、走りながら懐に呑んでいた匕首《あいくち》を引き抜いたのを見た。

伊織は、踵を返すと、男たちの後を追った。

暗くなった草地の中を、どすどすと荒々しく踏み分けながら、二人の男が一人の男を追っかける。

逃げる方も追っかける方も無言だった。

大の男三人が踏む異様な足音だけが薄闇に響いた。

一人の男は、小屋の前で止まった。

中に入ろうとするが戸が開かないのか、振り返る白い顔が見えた。

「うっ」

男がうなる声がした。

男は、後ろから追っかけてきた二人の男に、両脇に飛び込まれて崩れ落ちた。

「待て！」

伊織が走りながら声をかけたが、二人はそのまま闇の向こうに走り去った。

——二人とも町人か……。

伊織は二人の男を見送る間もなく、倒れている男を抱き上げた。

「しっかりしろ。誰にやられた」

だが男は、すでに息絶えていたのである。


「伊織の旦那、殺された野郎が割れましたぜ」

ひとしきり細かい雨が降った翌日の午後、だるま屋で伊織を待っていたのは長吉だった。

吉蔵も今日はさすがに表に店を出すことも出来ず、奥の座敷で、火鉢の前に背をまるめて座っていた。

伊織の顔を見ると、吉蔵はすぐに店に向かって、

「お藤や」

と呼んだ。

「なあに、おじさま。今すぐに熱いお茶、お淹《い》れしますから」

台所に向かおうとするお藤に、

「茶より酒にしてくれ」

先手を打ったように言った。だが、

「今日ぐらいはお酒は辛抱して下さい。それに、これから大事なお話があるんでしょ。せめてお話が終わってからにして下さい」

お藤の言葉でしゅんとなった。

だるまのような大きな体が、お藤に注意を受けるたびに、母に叱られた子供のように小さくなる。

吉蔵は、伊織が現れるのを待ってお藤に酒を出せと注文しようと、ずっと火鉢の前で手をあぶりながら考えていたに違いないのだが、あっさり否定されると一言も返せない。

伊織は、二人のやりとりを聞いて苦笑しながら、

「どこの誰だったのだ」

座るとすぐに、きりりとした眼を長吉に向けた。

「関口水道町《せきぐちすいどうちょう》の大工、音次郎《おとじろう》の倅で浅五郎《あさごろう》という男でしたが、これが、三年前に

重追放になっている野郎でして」

「何、重追放の男が御府内に舞い戻っていたというわけか」

「へい」

道理で声もあげずに逃げ惑っていた訳だと、伊織は昨夜のあの三人の不気味な追っかけっこを思い出していた。

――すると、浅五郎という男を殺した人間も、まっとうな人間ではないかもしれぬな。

「浅五郎の罪状はわかっているのか」

「伊織様、その件につきましては、いま文七に調べさせております。いましばらくお待ち下さいませ」

「三年前なら長吉もまだ十手を持っていた筈だろう。覚えがないのか」

「伊織の旦那、浅五郎が処罰を受けたのは、お奉行所の事件ではございませんでした」

「何」

「評定所《ひょうじょうしょ》のお裁きでございますから、詳しいことはお奉行所ではわからないのでございますよ。そうじゃなかったら、蜂谷様からお聞きすることも出来るのですが」

「すると、武家の事件か」

「そうです。ですから、そういうことなら、親父さんのところのお記録の方がよくわかりますので、あわててこちらに走って来たのでございます」

なるほど、そういうことか。

吉蔵のお記録は、例えば市井のことばかりではない。武家の世界の、それも千代田《ちよだ》のお城の中のことも、町奉行所のことも、評定所のことも、京大坂のことも、長年のつきあいの中から情報や記録を持ち込んでくれる人がいるのである。

しかもけっして外には出さない封廻状と呼ばれるものまで手に入る。

吉蔵はもしもの時のことを考えて、そうした付き合いのある人たちの名は伊織たちにさえ秘匿しているが、多岐にわたる恐るべき情報源を持っているのだ。

だるまのような、酒好きのこの男がと思うと、信じられない気もするが、小座敷ひと部屋をお記録帳の保管場所にしているところをみると、さすがに圧巻であった。

その吉蔵が言った。

「私の記憶では、御旗本の体たらくもここまで来たのかと、特に事件の首謀者には腹が立ったことを覚えております」

「旗本が嚙んだ事件だったのか」

「はい」

「どんな事件だったのだ、話してくれ」

「申し訳ございません。私も歳を年々取っておりますから、近ごろではすぐに、
ああ、それならこういう名の、しかじかの事件だったと詳しく申し上げることが
出来ないのでございますよ」

吉蔵がそんな説明をしている間に、文七はその事件を書いた綴りを探し当てた
らしく、

「旦那様」

腕に抱えて入って来た。

その後ろには弦之助の顔があった。

「事件らしいな、親父さん」

「はい、丁度よろしゅうございました」

「伊織、おぬしが出くわしたんだってな」

弦之助は言い、昨夜の事件を聞いた後、

「それで、浅五郎が重追放になった事件が、そこに書かれているんだな」

文七が置いて行った厚い綴りを目顔で差した。

「さようでございます。事件が起きた時と、それが表沙汰になり関係のある人たちが牢屋に繋がれた時、それに最後のご裁断が下された時と三度にわたって記してあります。順々に回して目を通して下さいませ」

吉蔵はそう言うと、まずは伊織の前に、その綴りを差し出した。

関係箇所は、文七が短冊を挟み込んで印をつけてくれている。

伊織は膝に抱いてすばやく読んだ。


それによると、三年前、小普請組《こぶしんぐみ》小笠原丹後守《たんごのかみ》支配の、家禄六百石の旗本真野《まの》鉄太郎《てつたろう》は、表六尺の金三郎《きんざぶろう》以下十名ほどの取り巻きを引きつれて、雑司谷《ぞうしがや》の鬼子母神《きしもじん》参りに行った。

その折、鉄太郎たちは、護国寺《ごこくじ》の田道で女連れの武家の一行と行き会った。

こちらは家禄五百石の旗本、御小姓組、戸田備中守《とだびっちゅうのかみ》の組の者で、長田喜兵衛《ながたきへえ》の総領息子兵吉《へいきち》の一行、同じく鬼子母神に参っての帰路であった。

真野鉄太郎の方は、前日からこのあたりをうろうろして、あっちの居酒屋、こっちの料理屋と無銭飲食したあげく、この日酔っ払って何か面白いことはないかと物色していたらしいのである。

小普請組とは無職の旗本御家人のことをいう。

なにしろ暇もあり、日頃の鬱屈《うっくつ》を胸にためているから、どこかでそれを晴らしたいと狙っていたと思われる。

一方の長田兵吉は父親は御小姓組、役付きの家であり、しかも城中深いところでつとめる将軍お側近くの者である。

兵吉自身は家督はまだ父から譲られてはいなかったが、妻を持ち、その妻の腹には子まで出来ていて、生まれてくる子の無事を祈っての鬼子母神詣でだったようだ。

兵吉の連れは、母のとゑ、妻のかね、下女ふみと女ばかりの同行者であった。

鉄太郎たちは、この女連れの一行に目をつけた。

一行と擦れ違いざま、下女のふみがもっていた枝付の柿を、金三郎がもぎ取った。

「あっ」

声を発して恐れの目で見返したふみの柿を、金三郎はもう一度もぎ取った。

「何をするのです。われらは御小姓組長田家の者、無礼は許しませんぞ」

兵吉の母とゑは、金三郎とその後ろにいる鉄太郎を厳しく諫めた。

「なんだと……御小姓組だと」

鉄太郎がふらつく足を踏ん張って、にやりと笑うと、

「ほう……御小姓組とはな。俺は高六百石の小普請組だ。長田とか言ったな。どうすればそんなお役が貰えるのだ。取り入り上手なのか……おおそうか、賄賂《わいろ》だな、賄賂をいかほど積んだのだ」

鉄太郎は、わざと兵吉が怒り出しそうな暴言を吐いた。

自分は、暴言は吐くが小刀ひとつで着流しの気楽な身なりである。

「おのれ、言わせておけば……」

兵吉は腰の物に手を添えたものの、先に抜くことは武士として出来なかった。

なにしろ相手は、みな無腰の酔っ払いである。

そんな輩を相手にしては、こちらの面目が潰れる。

ぐっと我慢した。

ところが、

「御小姓組の妻の酒はうまいかまずいか試してやろうじゃないか、お内儀《ないぎ》、一緒

にいっぱいやらないか」

ときた。

しかもその手は、兵吉の妻の袖を引いた。

「許せん。謝れ」

兵吉は腰の刀を、ついにつかんだ。

「ほう、やるのか。俺は小普請とはいえ高六百石、しかも無腰だ。斬るなら斬ってみろ」

兵吉の前にどっかと座って腕を組んで背をみせた。

すると鉄太郎に従っていた二人が、

「俺は微禄とはいえ、御賄《おまかない》六尺村田《むらた》の倅で馬之丞《うまのじょう》だ。すっぱりやってくんな」

伝法《でんぽう》な言葉を吐き、もろ肌脱ぐと、肩を叩いて、これまた兵吉の前に座った。

「西丸《にしのまる》御賄新組、彦太郎《ひこたろう》だ。遠慮なくやんな」

また一人、もろ肌脱いで加わった。

「おのれ、おのれ。愚弄《ぐろう》するのか」

刀を引き抜こうとした兵吉は、

「お待ちなさい！　……こんな人たちを斬っては刀が汚《けが》れます」

気丈な兵吉の母とゑは、息子の腰に飛びついて、その大小を抜き取ると、

「ここは母に任せなさい」

そう耳打ちして兵吉を逃がした。

「女だてらに、どう始末をつけてくれるんだ」

尻をめくった鉄太郎たち十人もの乱暴者に囲まれたとゑとかねは、結局力ずくで刀を取り上げられ、揚げ句の果てに、近くの料理屋まで連れていかれて、そこで酌婦《しゃくふ》をさせられた。

彼らは飲み食いの料金まで負担させ、いっさいの乱暴を口止めされたのである。

いや、それればかりではない。二人に対してあらん限りの痴態に及んだのである。

旗本として、これ以上の辱《はずかし》めはないというほど、一家は慰《なぐさ》み物にされたのだった。

しかしこの事件が発覚したのは、当の被害者からの訴えではなく、騒動を目撃した者によって届けられたものである。

即刻、鉄太郎以下仲間たちは、牢屋に入れられて詮議された。

裁断は半年後に封廻状によって関係奉行に知らされたのだが、この封廻状を例のごとく吉蔵が入手し、お記録にしたものである。

事件に関係した者の処分は、鉄太郎は重敲《じゅうたた》きの上重追放。

鉄太郎の取り巻き連中だった者たちは、表六尺の金三郎を筆頭に、遠島が二人、重追放が五人、所払いが一人。

また被害者である筈の長田家も、兵吉は武士にあるまじき腰抜け旗本と判断されて改易《かいえき》、母のとゑと妻のかねは、被害を直隠《ひた》しにしていたとして押し込め、下女のふみまで叱りの刑を受けていた。

このたび殺されたのは、重追放の一人、浅五郎だったのである。

伊織、弦之助、長吉と読み終わって、

「浅五郎を殺ったのは誰かということになるが……」

口を開いたのは弦之助だった。

「長田兵吉か、あるいは昔の仲間か、それとも全くこのお記録とは関係のない話で殺されたのか……」

伊織は頷いて吉蔵に言った。

「どうする親父さん」

「そうですな。死人が出たのですから、手分けしてやって頂きましょうか」

そうと決まったら、

「お藤、話は済んだ。ひとつ頼むよ」

吉蔵は大きな声を張り上げて、台所から顔を出したお藤にさっそく酒を催促した。

二

女は裏木戸から出てきて、きょろきょろと辺りを見回し、黒塀に腕を組んで寄りかかっている伊織を見つけると、小さく頭を下げ、前垂れを外しながら足早に近づいて来た。

「秋月様とおっしゃるのは、お武家様でしょうか」

すぐ近くに立ち止まると、伊織に視線をぴたりと合わせた。

「そうだ。秋月伊織と申す。そなたがおふみか」

「はい、ふみです」

おふみは言い、頭を下げた。

「少し時間はいいかね」

伊織はちらと木戸の奥に視線を流した。

その木戸の家は、ここ日比谷町《ひびやちょう》でも有名な糸問屋『丸屋《まるや》』である。

鬼子母神詣での事件で、被害にあった旗本の長田兵吉の屋敷に奉公していた下女おふみが、その後この丸屋で奉公していると聞き、伊織はやって来たのである。

「ええ。でも、なんでしょうか」

おふみは怯えた表情を見せた。

「安心しなさい。お前をどうこうしようというのではない。また、三年前の事件について話してくれなどということではない」

「…………」

「長田の屋敷の人たちの行方を、知っていれば教えてほしいのだ」

「…………」

おふみは困った顔をして俯いた。

「ここに来るまでに小石川に行ってきたんだが、屋敷にはもう別の人が住んでいたのだ。長田の家族の行方を知りたい」

「…………」

「おふみ」

「私はいま皆様がどこにお住まいなのか存じません。あの事件のあとでお家は改易になりました。すぐに若殿様は若奥様を離縁されて御実家にお返しになりました。私はそこで暇を出されました」

「しかし、その若奥様は懐妊していたのではないのか」

「ええ……でも、やっぱり長田家には、辛くていられなかったのだと思います」

「………」

「若殿様は確かにご本を読むのはお好きでしたが、剣術や馬術はお好きではありませんでした」

「そうか、それで母親のとゑ殿は、子息兵吉殿の刀を取り上げたのか」

「はい。相手は六尺など体格のいい男たち十人ほどで迫ってきたんです。真野鉄太郎という人は、腰には小刀のみ差しておりました。あとの仲間は六尺や中間やならず者たちで、刃物は携えていたかもしれませんが、刀は大も小も持ってはおりませんでした。両方手挟さんでいたのは若殿様おひとりです。互いに武士が刀を抜けばどうなるのか……大刀を腰にしていた若殿様が、いくら剣術が苦手といってもどのような結果を招くのか、それを大奥様はお考えになったのです」

「うむ……」

「だから大奥様は、若殿様をお逃がしになった。喧嘩をふっかけた相手がいなくなれば、酔っ払いたちはどうしようもないだろうと思ったのだと存じます。ところが、あの人たちは非道にも……」

　おふみは絶句した。

「それがまさかの改易、お屋敷につとめていた者は、順々にお屋敷を去りました。最後まで残っていたのが、中間の友七《ともしち》さんだと聞いています」

「中間の友七……」

「はい。友七さんなら、きっと皆様のその後をご存じではないかと……」

「友七は、いまどこにいる」

「知りません。でも在所に行けばわかるのではないでしょうか」

「どこだね、在所は」

「柳島村です。村の名のついた橋が近くに架かっていると言っていました」

「辛い話を聞いてしまったな。すまぬ」

「いいえ、とりわけ、若殿様と若奥様がお気の毒でございました。だってあんなに、慈《いつく》しみ合っていたのに、あの日の出来事がきっかけで別れ別れとなったのですもの」

「評定所は長田兵吉殿を臆病者と裁断した、旗本にあるまじき行為だと。そうだな」

「納得しかねます。若殿様は殺されたも同じです」

「うむ。当然、真野鉄太郎と連れの男たちを、恨んでいるだろうな」

「秋月様、何かあったのでございますか」

俄《にわか》におふみの顔に、不安の色が走った。


「親父、熱いのを頼む。大きいので頼む。二つだ」

弦之助は、新し橋袂に店を張る屋台の酒売りに、熱い酒を頼むと同道してきた伊織を促して、土手に芽吹く柔らかい草の上に腰を下ろした。

その時である。

「きえー！　……やー！」

河岸にしつらえた立ち木に向かって、木刀を振り上げ、斬りかかっていく浪人が目に飛び込んで来た。

どんなに欲目に見ても、へっぴり腰だった。

「なんだね、ありゃあ」

弦之助が酒を運んで来た親父に、言うともなしに言って笑った。

「毎日ですよ。毎日今ごろの時刻に参られます」

親父も二人に酒を手渡しながら笑った。

「花見時に無粋な奴だな」

弦之助はぐいっと酒をまず流し込み、

「ところで伊織、俺の方もな、真野の家だった屋敷を覗いてみたのだ。真野の家は小日向《こひなた》の茗荷谷《みょうがだに》にあったんだが、やはりもう、別の人間が住んでいた」

「ふむ」

「道を隔てて差し向かいに炭屋があってな。そこでその後の真野の消息を聞いてみたのだ。事件当時鉄太郎は三十五歳だったそうだが、吉蔵の記録どおり妻帯はしていなかった。両親はあの事件の前に亡くなっており、いわば鉄太郎は独りぼっちだったようだ」

「………」

弦之助の話に耳を傾けている間にも、河岸の男の奇声は伊織の耳に届いていた。

「きえー！　……とー！」

気合いだけは立派なものだが、ちらとみたところでは腰が入ってないから、ふらついている。

弦之助はその男の姿を視界の端に捉えながら、話を続けた。

「どうやら鉄太郎は、普段から素行が怪しかったようだ。屋敷の庭に野良猫野良犬をつかまえてきていたぶり、最後には殺してしまうといった有様で、近隣の者たちは気味悪がっていた。両親が健在だった頃はまだ歯止めがきいていたようだったが、両親が亡くなると奇行が目立ってきたと言っていたな」

「………」

「重追放になって、出入りの炭屋などはほっとしたそうだ。ところがだ」

弦之助はそこまで話すと、残りの酒を飲み干して、後ろの屋台に体をねじって、

「おかわりを頼む」

親父に言い、

「その炭屋が、昨年の秋ごろだったか、屋敷の前をうろついている男が、鉄太郎にそっくりだったと言うのだ。伊織、奴は帰っているぞ、この江戸に」

「………」

「殺されたあの浅五郎も重追放だった男だ。法の目をくぐって、この江戸のどこかで暮らしているのだ」

「俺もそんな気がしている」

「許せんな。まさかお上が目をつぶっている訳ではあるまいが」

ちらと伊織を咎めるような目で見てきた。

伊織の兄が幕府の要職についていること、しかも御目付でも一番上の本番目付という上席にいることを言っているのだろうと伊織は思ったが、

「目がとどかないのだ。しかしそれならこちらが探し出して突き出せばいい」

「そうとも、きっとつきとめてやる」

弦之助は、これから獲物を狙う動物のような、興奮した険しい目をして酒をあおった。

その時である。

「あなた……」

後ろで女の声がした。

二人が同時にふりかえると、弦之助の妻多加《たか》が風呂敷包みを抱えて立っていた。

顔が険しく見えるのは、弦之助が昼間っから酒を飲んでいたところを見つけたからに違いない。

「なんだ、出かけていたのか」

弦之助は先程までの険しい顔はどこへやら、きまり悪そうな顔で多加に言った。

「これから行って参ります。すぐに引き返して参りますが、まもなく日も落ちます。勇一郎《ゆういちろう》が一人で留守番をしていますから、ご用がお済みになりましたらお早くお帰り下さいませ」

多加は言い、伊織に静かに頭を下げて橋を渡って向こうに下りた。

「多加のやつ……昨年、女のことがあってから、俺のことをなにかにつけて疑いの目でみるのだ。いまだって側におぬしがいなかったら、どんな事を言われていたか……」

弦之助は弱音とも愚痴ともつかぬことを言い、

「まっ、そういうことだ」

腰を上げると、慌てて我が家がある西に足を向けた。

心なしか、おたおたしながら帰っていく弦之助の後ろ姿を見送りながら、伊織は、

——なんだかんだ言っていても、妻女にはかなわぬな。

苦笑した。

だが、次の瞬間伊織の目は、河岸地で立ち木打ちを繰り返す浪人に向けられていた。

伊織はゆっくりと土手を下りて、その浪人に近づいた。

浪人が伊織に気づいて動作を止め、一礼した。

骨組みの細い男だったが、顔には悲壮感が漂っている。

「腰にふらつきがあるな。それではいくら頑張っても上達はせぬよ」

「はっ」

浪人は改まった顔で一礼した。

「それから、ほらその手元だが、木刀は絞るように持て」

「ありがとうございます」

「見てあげよう、構えて……」

伊織は側に寄った。

浪人は、神妙な顔で木刀を握った。

「いいかね。握った手と手の間隔は、もう少し離した方がいい。ぶれが少ないからな。そして、そうそう、今言ったように木刀を絞るように持つ。それでいつも脇を絞って構えるようにしなさい」

「ありがとうございます」

「ああ、それから、相手に向かって走っていって打つ場合は、相手との間合いをよく考えて、打ち下ろす時には、しっかりと腰が落ちてなくては」

伊織は実際に立ち木の手前で、腰を落としてみせてやった。

「どなたか存じませぬが、恩にきます」

浪人は河岸に膝をつき、両手をついて頭を下げた。

「実は、一矢報いなければ死ぬに死ねぬ事情がございまして……それで、見よう見まねで稽古をしていたのですが」

「仇討ちか」

「いいえ、そうではございませぬが、相手と差し違えても良いと考えておりまして」

「ふむ、しかしおぬしの剣術で相手を倒すのは難しいのではないかな。悪いことは言わぬ。止めた方がいい」

「お願いでございます。私は蒲田《かまた》吉之助《きちのすけ》と申すもの、今後ともご指南を……」

必死の顔で浪人は見る。

小さい目だが、誠実な色を宿していた。

「………」

「武士の情けでございます」

伊織も腰を落として言った。

「蒲田殿と申されたな。私は秋月伊織と申す者だが、そう簡単に剣術は身につかぬよ。しかもおぬしの話だと、相手の命をとるためだと言う。仇討ちでなければ、ただの殺人のための剣ということになる。剣は殺しの道具ではない」

「………」

伊織はそう言うと立ち上がった。

「お待ち下され、秋月殿」

踵を返した伊織の背に浪人の声が追っかけてきた。だが、伊織は振り向かなかった。

――あたら若い命を落とすことはない。生きる道を見出した方がいい。

伊織は背中でそう浪人に応えた。

三

「旦那様、あれが友七さんの家でございますよ」

男は、小川の手前の土手に立ち止まると、伊織にせせらぎの向こうにある百姓家を差した。

その小川は、十間川《じっけんがわ》から法性寺《ほっしょうじ》に引き入れた水が、柳島村を抜けて南の村を抜け、その先の掘割に流れているのだという。

友七の家は、小川の小橋を渡ったところに建っていた。

家の庭は広く、竹垣で丁寧に四方を囲んでいて、庭には草花を植えた一角があり、その花壇に手を広げるようにして、まだ若木のようだが、桜が花をたわわにつけていた。

伊織は改易になった長田家の下女おふみから、中間だった友七の在所が柳島村だと聞いてやってきた。

だが村に入ったところで右に行くか左に行くか決めかねて、畑仕事をしていた男に友七の家を尋ねたところ、わざわざここまで案内してくれたのである。

「世話をかけたな。ありがとう」

伊織は礼を述べ、小粒を懐紙に包んで男に手渡した。

「こりゃあどうも」

男は愛想の良い笑顔で頭をさげると、来た道を帰って行った。

伊織も、土手の道を小橋に向かって歩いて行く。

土手は茅の芽にまじって、はこべの濃い緑や、名も知らない柔らかな芽や、紫や白いすみれが咲いているのが見え、つくしが頭を出しているのも目についた。

案内してくれた男の話では、三年前、奉公先からこの家に戻ってきた友七は、病気で伏せっていた母を看取った。

またご府内に戻るのかと思っていたら、しばらくしてこの鄙《ひな》では滅多に見ることもない美しい女子が友七を訪ねてきて、そのまま家に居着き、友七は畑仕事に精を出すようになったという。

女子が友七を訪ねて来た時には赤子を抱いていたという。

——ひょっとして……。

その女はかねという長田家の若奥様ではないかと伊織は思った。

——しかし、その人が若奥様だったとしても、他の人たちはどうしているのだ……。

疑問が過《よ》ぎる。

小川のせせらぎを耳朶《じだ》にとらえながら、足を速めた伊織の耳に、突然犬の泣き声と、きゃっきゃとはしゃぐ幼児の声が聞こえた。

顔を上げたその方を見ると、友七の家の庭の、桜の木の下で、幼子が赤い犬を追っかけて遊んでいた。

伊織はほほ笑んでほんの一瞬佇んだ。

誰の記憶にもある幸せな光景を垣間見た気分だった。

歩き出そうとしたその時、幼子が転んだ。

幼子は転んだまま、えんえん泣き始めた。

「菊之助《きくのすけ》」

家の中から女が飛び出して来て、幼子を抱き起こした。

伊織は急いで小橋まで走り、橋を渡って友七の家の庭木戸に立った。

「もしやそなたは、長田家に縁のあるお人で、かね殿ではござらぬか」

伊織はずばり聞いた。

「えっ」

女は小さな声を上げて伊織を見返したが、すぐに、

「そちら様は、どなた様でございましょうか」

幼子の手を引いて、立ち上がった。

かねという妻女は、細面の頬に憂いの影を宿したような女だった。

「これはしたり、秋月伊織と申す。御成道にあるお記録本屋だるま屋の者だが、

少し尋ねたいことがあって長田家縁の者を探してここに参ったのだが……友七は在宅か」

「いえ、出かけております。尋ねたい事とは何のことでしょう」

女は身構えるように言った。

「やはりかね殿ですな」

伊織が重ねて聞くと、女は神妙な顔で頷いた。

「すると、そのお子は、兵吉殿のお子でござるか」

かねは、もう一度頷いた。

「そうか……離縁されたあなたがここに……」

「あなた様は、秋月様は夫をご存じでございますか」

「先程も申したように、三年前のお記録を読んだのです」

「でもなぜそのようなことを？」

「かね殿ならご記憶にあると思うが、重追放になった浅五郎という男をご存じかな」

「浅五郎……」

かねの顔に恐怖が走った。

「実は私は浅五郎が殺されるところに出くわしまして」

「浅五郎が死んだのですか……」

「奥様！」

その時、後ろで声がした。

「友七」

かねが呟いた。

友七と呼ばれた男は、ごま塩頭のやせて皺の深い初老の男だった。

友七は縞柄の木綿《もめん》の着物を短く着て、背中に竹籠をしょった中年の女と驚愕した顔で立っていた。

中年の女は、はっと我にかえると、

「菊之助様、ばあやと向こうに参りましょう」

かねの手から幼子を引き取ると、犬と一緒に土手の下の広場に下りて行った。

「あっしが長田のお屋敷で奉公してた中間の友七でございやす。あっしも一緒にその話、お聞かせ願いとうございます。ここではなんでございますから、どうぞ、その縁先にでもおかけ下さいまし」

友七は、伊織の顔を見詰めて言った。

「そうでしたか。二人連れの男が浅五郎を刺したのですか」

友七はほっとした表情を見せると、伊織と並んで縁先に腰をかけているかねと見合わせた。

友七は、二人に茶を出すと、自身は庭に腰を落として、二人を見上げるようにして話を聞いている。

主家が潰れても身分の隔たりをきちんとわきまえていて、かねが頼ってきたのもわかるような気が伊織はしていた。

伊織は、浅五郎殺害に、長田家の者がかかわっているのではないかと案じ、ここまでやって来たのだとこれまでの経緯を話すと、

「ありがとう存じます。長田家が改易になってから、わたくしの実家を含め、縁戚につながる方々がことごとく縁を切っていきました。それなのに、このように落ちぶれたわたしたちをご心配下さる方がいらっしゃるとは、感謝の気持ちでいっぱいでございます」

かねは手をついた。

「奥様……」

友七が涙ぐむ。

「苦労されたのであろうな」

「はい。こちらの奥様が離縁をされてご実家に帰られますと、兵吉の殿様は黙って家を出てしまわれました。ご隠居様ご夫婦と私はお屋敷を出て、ご隠居様の古くからの知人、このお方は、例の事件の折に兵吉殿様を匿《かくま》ってくださったお方ですが、御書院番にお勤めの畑才右衛門《はたさいえもん》様と申されるお屋敷の離れをお借りして住んでおりました。ですが、お二人ともご心労が深く、あっという間にあいついでお亡くなりになりました。それで私はこちらに帰ってまいったのでございます……」

在所に帰ってみると、今度は一人で畑を耕していた母が病で倒れ、その母を見送って呆然としているところに、かねが実家を出て、実家の下女おますを連れて、やってきたのである。

改易になって一年目のこと、かねの胸には兵吉との間に生まれた菊之助が抱かれていた。

おますとは、幼な子に「ばあや」と言ったあの女のことに違いない。

「夫の家は改易で、夫は行方知れず、それればかりかわたくしが、ならず者に乱暴を受けたという噂が実家にも聞こえて参りまして……それでおますを連れて、こちらに参りました。ここにいればあのお方も、その気があれば探し出して下さるに違いない、そう思いまして……」

かねは言い、菊之助を産むまでは自害しようかと、何度考えたかわからないのだと言った。

子は手がかかるが、親の生きる希望となる。

「ただ……」

かねは顔を曇らせた。

「ただ？」

伊織が見返すと、

「あのお方が、どのような暮らしをしておられるのかと……いえ、それよりも、昔の無念を晴らそうとして無茶をするのではないかと案じておりまして……」

「行方は、まったくわからぬのですか」

「一度だけ、去年の暮れにあっしはお会い致しました」

友七が言った。

「ほう」

「見る影もないほどやつれていらっしゃいましたが、例の事件の真野鉄太郎をこのご府内で見た。奴は御法の目をくぐって江戸にいる。きっと積年の恨みを晴らしてやるのだと、あっしの話も聞かないうちに、去ってしまわれました」

「そうか、やはり真野鉄太郎は潜伏しているのか」

「はい、そのように申されて、それで余計に奥様は案じておられるのでございます」

「ふむ」

「殿様が、あの男に勝てる訳がございません」

「ほう……真野鉄太郎はよほど腕がたつのか」

「いいえ、あの男の腕は存じ上げませんが、問題は殿様です。長田兵吉では笑われものになる。名を変えてどこかの道場に入門し、腕を上げて勝負をつけるなどと申されておりましたが、昨日今日のお稽古で剣術が上達するとも思えませず、ただただご無事を祈るばかりで……」

「友七、いまお前は、兵吉殿は名を変えてと言ったな」

「へい」

「何という名に変えたと申された」

「たしか……」

友七はちょっと考えて、膝を打つと、

「蒲田だ……蒲田 某《なにがし》と申されました」

「何、蒲田だと」

「へい。ご存じでございますか」

「まさかとは思うが……」

伊織は先日柳原土手で会った、あの浪人を思い出していた。

「友七さん、ちょっと手を貸して下さいな」

菊之助を抱き、犬を連れた下女のおますが戻って来たらしく、垣根の向こうから顔を出した。

友七は、伊織に頭を下げると、庭を出て行った。

風が吹いて、数片の桜の花びらが飛んだ。

「わたくしの実家は、わたくしを厄介者のようにして家から出しました。おますをつけて……ですから、日々の暮らしのお金は実家から送って参りますが、友七がいなかったら、わたくし、本当にあの子を道連れに自害していたかもしれません」

「かね殿」

「ええ、わかっております。あの子のためにも強く生きなければと」

「…………」

「友七にも随分励まされました。友七は、わたくしの心を少しでも慰めようとして、あの桜を、昔の長田の屋敷に出向き、いまお住まいになられております殿様に事情を話して、こちらへの植え替えを承知してもらったのでございます」

「しかし見事な花だ」

「ええ、夫兵吉と一緒になった時に、植えた桜でございます。あれから五年、ずいぶんと大きくなりました。あの桜がある限り、夫がわたくしを忘れる筈がない。そう念じております」

かねは、はじらいながら言ったのである。

伊織が友七の家を辞したのは、七ツ（午後四時）近くなってからだった。

「今後ともお力添え下さいませ。もしも夫にお会いになりましたら、どうかこの先は、わたくしと菊之助のために生きてほしいと、わたくしがそのようにお願いしていたと、お伝え下さいませ」

かねはしみじみと言った。

「さよなら……さよなら」

小橋を渡って、土手の道に出た伊織の耳に、あどけない声が届いた。

友七の家に顔を向けると、垣根の際でおますの腕に抱かれた菊之助が、無心に手を振っていた。

その後方、桜の木の下で、じっと見送るかねを見た。

——かね殿……。

四

「おい、おとき、こちらの兄さんにも、酒を頼むぜ」

長吉が、女房おときの店らくらく亭に、若い遊び人風の男を連れて帰って来たのは、夜も五ツ（午後八時）頃だった。

そろそろ腰を上げる者も出てくる時刻で、店の客はまばらだった。

長吉は、すぐに板場に向かって大声を上げると、奥の上がり座敷で盃を傾けている伊織と弦之助のもとにやってきた。

「ようやく尻尾をつかみましたぜ」

長吉は得意そうに言い、

「こちらは、回向院界隈の賭場では名の知れた増蔵《ますぞう》という者ですが、遠島になった金三郎や、重追放になった連中とも見知った仲でござんしてね、つまり奴等は、事件を起こす直前まで増蔵が通う賭場で遊んでいたらしいんです」

「へい。その通りで……あっしが遊んでいる賭場に、時々真野様が連中を引きつれて遊びに来なさることがございやしたからね」

伊織と弦之助は顔を見合わせた。

「ところが金に汚ねえ。遊ぶだけ遊んで、負けが込んでもしらんぷりで帰っていく。重追放になったとかで、みな喜んでいたんでございやすよ。そしたら去年の暮れごろでしたか、この江戸に居る筈のない浅五郎と常吉《つねきち》が顔を見せたんでございやす」

増蔵は声を潜めるようにして言った。

その時、おときが酒を持ってきて手際良く並べると、

「これは蕗《ふき》味噌です。何かご注文があれば、この人に言って下さい」

にこりと笑顔をみせて、板場に引っ込んだ。

「これはどうも……」

増蔵は嬉しそうに盃に酒を満たして飲んだ。

だが飲んだのは一杯だけで、長吉がささげる銚子を掌で押しやって、

「後で頂きやす」

きっぱりと言い、

「それでですね、あっしは聞いてみたんでございやすよ。真野の旦那はどうしているのかと」

増蔵は伊織を、そして弦之助を見た。

「常吉はこう言いました。殿様は帰ってきてるぜ。おめえも女を抱きたくなったら、言ってくんな、殿様に頼んでやるぜって」

「どういうことだ」

弦之助が聞き直した。

「へい。さるお旗本のお長屋に真野の殿様が間借りしていて、そこで岡場所さながら女を世話しているのだとか」

「とんでもない話じゃないか。真野を匿っているのは、どこの誰だ」

「それが、聞いてみましたが、客でもないのに教えられないと言われました」

「増蔵、常吉だが、賭場に現れるのは三日に一度くらいなのか」

「旦那、三日も待っていられる筈がねえですぜ。奴は根っからの博打好きだ。真野の腰巾着になったのも、博打の小遣い銭が欲しいからだ。一緒に来ていた浅五郎が殺された時は、三日ほど顔を見せませんでしたが、その後は二日に上げず顔を出しておりやして、昨夜《ゆうべ》は現れていませんからね、今晩は来るのではないかと」

「よし、俺が客のふりをして乗り込んでやる」

弦之助が胸を張った。

「増蔵、手伝ってくれるか」

長吉が念を押す。

「へい。あっしも昔、旦那に助けてもらっておりやすからね。手伝わせて頂きやす。ただし常吉がこの男だと目でお教えするだけでかんべんしておくんなさいまし」

「わかっているぜ、増蔵。今後のこともある。どうです、土屋の旦那」

「よかろう。教えてくれさえすれば十分だ。伊織なら怪しまれるかもしれぬが、俺が女を欲しいといっても、誰も怪しむ者などおるまい」

弦之助は、わっはっはと笑った。

「そんなこと、大きな声でおっしゃって、多加様に聞こえても知りませんよ」

銚子のおかわりを持ってきたおときが釘を刺した。

「おとき」

長吉が諫めるような口調で言ったが、おときは聞こえないふりをして、向こうに行った。

「じゃ、あっしはこれで……」

増蔵は二、三杯、続けて飲み干すと腰を上げた。

「伊織様、増蔵の話では常吉という男は、浅五郎は真野の旦那にやられた、そう言っていたそうですぜ」

「何……真野がやったと……」

「そういうことなら尚更、どうあっても真野鉄太郎を司直の手に渡さねば……」

弦之助は改めて、ぎょろりとした目で睨んで言った。


伊織が新し橋の上に立った時、神田川沿いの河岸には人影は見えなかった。

つい先程まで冷たい雨が降っていた。

雨は小ぬか雨だったが、ここにやって来るまでの沿道の桜の花は、みな首を重たそうに垂らせ、まるでしおれているように見えた。

雨は桜の開花を早めることもあるのだが、散るのを早める場合もある。

ふと、一昨日柳島村で見た、友七の庭の桜を思い出していた。

伊織がここに出向いて来たのは他でもない。

へっぴり腰で、立ち木を相手に剣術の練習をしていた浪人蒲田に会うためだった。

もう蒲田が、長田兵吉その人であるならば、かねの思いを伝えてやらねばと考えていたのだが、昨夜になって長吉が、蒲田とかいう浪人が真野の居場所を探しているという話を聞きつけてきた。

蒲田と名を変えた浪人兵吉は、真野の手下たちが御賄六尺や中間だったことから、徹底してその線に聞き込みを続け、真野やその仲間たちが言い合わせたように江戸に舞い戻っていることを突き止めたらしいのである。

長吉はさるお屋敷の中間から、その話を聞いた。例の件《くだん》で遠島になっている者の一人に、その屋敷の中間が含まれていたのである。それでその屋敷の中間仲間に聞き込みをしているうちに知れた情報だったのだ。

「蒲田という浪人は、おおよその見当はつけたようですぜ」

長吉は言った。

一日でも早く蒲田に会った方がいい。

伊織はそんな事を考えてやって来たのだが、雨のためか蒲田はいなかった。

しばらく橋の上で佇んでいたのだが、諦めて踵を返した。

橋を渡って北の袂に下りた時、

「きえー！」

あの奇声が聞こえてきた。

――やっ。

対岸の河岸を見ると、例の浪人が白い鉢巻きに襷《たすき》をして、立ち木に向かって木刀を降り下ろしているではないか。

雨が上がったあとに虫が這い出てくるように、どこからか現れたようだった。

伊織は、また橋を渡って南の袂に下り、河岸を西に向かって浪人のいる場所に近づいた。

「とう！　……やぁー！」

声は勇ましいが、相変わらず腰がふらついている。

「蒲田殿、いや、長田兵吉殿」

伊織が声をかけると、浪人は動きを止めて、じっと伊織を見詰めてきた。

「やはりそうか。長田兵吉殿だな」

伊織は念を押しながら、兵吉に近づいた。

「いや、まさか、俺が探しているその人がそこもととは」

「貴公はいったい……」

「御成道のお記録本屋の者だ」

「お記録……」

と言った長田兵吉の目が、

——ああ……。

そういう本屋のあることを思い出したようだった。

「桜が咲き始めた頃だ。俺は長命寺の近くで殺人を見た」

「秋月殿……」

「殺された者は重追放になっていた浅五郎ということがわかりましてね。それで過去の記録を引っ張り出したら、あなたが改易になった例の事件が浮かび上がってきた」

伊織は長田兵吉の目をとらえたまま言った。

兵吉は、目を伏せて、身動《みじろ》ぎもしなかった。この男にとってあれは屈辱の汚点に違いなかった。

伊織は続けた。

「お記録屋としては真相をつかまなくてはならぬ。そこで、ひょっとして浅五郎を殺《や》ったのは長田殿、そこもとかと思ったのだ」

「………」

長田兵吉の表情が動いた。だがそれは異議を唱えようとした顔だった。

伊織は無視して続けた。

「なにしろあの事件は、記録によれば、長田家としては不慮の事故、それなのにお家断絶になってしまった。偶然真野鉄太郎という不良旗本に出会ったばっかりに、なにもかも失った。江戸に舞い戻った浅五郎を殺るのだとすれば、長田家の人間を置いて他にはいないと思ったのだ」

「………」

「だがな、浅五郎の一件に関しては、殺ったのはどうやらおぬしではないとわかっている。浅五郎を殺った男たちを俺は見ているからな。しかし、おさまった筈の炎がまたくすぶり出したとしたら放ってはおけぬ。そう考えて友七を訪ねて行ってみると、そこでおぬしのお内儀にあった」

「かねに……かねに会ったのですか」

「会った。可愛いお子も生まれているぞ」

兵吉の顔が歪んだ。

「お子の名は菊之助という」

「菊之助……」

兵吉は呟いた。

兵吉の中に万感の思いがこみ上げてくるのがわかった。閉じ込めていた感情があふれ出るのを、必死に抑えているのが窺えた。

「かね殿はずいぶん辛い思いをされたそうだが、今はおぬしの帰りを待つことで自身を支えておられるようだ。おぬしと、再び一緒に暮らすことを望んでいるのだ」

「………」

「かね殿はな、おぬしが復讐心に燃えて、真野と刃を交えるのではないかと、そのことばかりを案じていた。菊之助のために生きていてほしいとな、そんな事も申されていたな」

「秋月殿」

兵吉は苦しげな顔を上げた。

「私は、あの事件で刀を抜きそびれて、旗本としてあるまじき行動だ、武士の風上にもおけぬ臆病者だと烙印を押されました。妻や母を守ることも出来ずに、一人いずこかに隠れて命を惜しんだ卑怯者だと、昔からの友人にまで冷たい視線を浴びせられました。とても父母と一緒の屋根の下にはいられませんでした」

「ふむ、それでかね殿を離縁し、家を出たのか」

「はい。腹を切ろうと思ったのです。腹を切って武士の面目を保ちたいと……このまま生きていても、私は生きる屍《しかばね》です」

「…………」

「失意のうちに父が亡くなり、母が亡くなったことは、人の噂で聞きました。あの時、母に止められたとはいえ、私の決断の甘さで家を失い家族を不幸に貶《おと》めてしまいました。そのもろもろの無念を晴らさずして、私は父母の墓前に花を供えることも出来ません。妻にも、わが子にも、夫として父として顔向け出来ません」

「おぬしの気持ちもわからない訳ではないが、仮に、真野に一矢報いることが出来たとしても、お家の再興が叶う訳でもあるまい。失敗すれば命を失う」

「秋月殿、私の命はすでに無いのと同じこと」

「ほう、するとなにかな、世の浪人という浪人は、生きる屍と申されるのか」

「秋月殿……」

「おぬしは独り者ではない。妻子のために生きる道を選んでも良い筈だ」

「…………」

「おぬしとかね殿が植えた桜が花をつけて待っているぞ」

「さくら……」

「そうだ。夫婦になった記念の桜を、友七が柳島の家の庭に植え替えたのだ」

「…………」

「桜の花の下で、おぬしの帰りを待っているかね殿の気持ち、察してやれ」

伊織はそういうと踵を返した。

愁然《しゅうぜん》として口を閉ざしたまま、長田兵吉は去って行く伊織の後ろ姿を見つめていた。

五

「旦那、こちらでございやす。半刻ほどで声をかけさせて頂きやす。さらに半刻延長する場合は、割増を一分頂きやす」

弦之助を屋敷内の、お長屋の一室に案内してきた男は、手際良く説明した。

「半刻が一分とは、おい、随分高いな」

「不承ならこのままお帰りになっても結構です」

「何もそんなことは言っておらぬ」

「旦那は常吉さんが連れてきたお方ですから、まあ、うちの殿様も承知して下すったんだが、客はたいがい金を持った商人ばかりですからね、うちは……一分で高いなどと初めて聞きやしたよ」

男が言うとおり、弦之助は回向院近くの賭場で、博打打ちの増蔵から真野の手下、常吉を目顔で知らされ近づいた。

ひと遊びしたところで飲み屋に誘い、本所にある旗本屋敷のお長屋で、女を斡《あっ》旋《せん》していることを聞いた。

「女ひでりだ、俺にも紹介しろ」

などと弦之助は言い、常吉に一分を握らせたのだった。

すっかり弦之助を信用した常吉は、弦之助を案内して、本所の御竹蔵の裏手にある掘割に面したこの屋敷に入ったのである。

弦之助の入った屋敷は、後ろからつけてきた長吉が確かめている筈だった。最初に案内されたのは中間部屋だったが、驚くべきことに、そこは待合のようになっていた。

しかもご丁寧に、待合に入る時には頭巾を渡されるのである。目だけが見える頭巾であった。

しばらく待っていると、一人の男が近づいてきて、この長屋に案内したのだった。

「わかった、わかった。一分が二分でも払うから安心しろ」

弦之助は、男に言った。

金はだるま屋から出ているから、気は大きかった。

「じゃあな」

弦之助は、男を突き返すようにして、中に入った。

長屋は一畳ほどの三和土があって、すぐに座敷になっている。

上にあがると、

「いらっしゃいませ」

首の白い女が手をついた。

妙にしゃがれ声だとは思いながら、

「ふむ」

こちらもちょっぴり色男然として座ってみせたが、顔を上げた女を見て仰天した。

遠目には、行灯の光で若く見えた筈なのに、女は白粉が剝がれ落ちるのではないかと思えるほど、深い皺があった。

「えへん」

まあ、女を抱きに来た訳ではない。調べに来たのだからまあいいか、などと落胆した気持ちを納得させて女を見ると、女はもういそいそと隣室の寝屋の中に誘う。

「まてまて、俺は少し話を聞きたくて参ったのだ」

弦之助が、押しとどめると、

「旦那、あたしはね、そりゃあ結構な歳の女でございますけど、これでも昔は大奥にご奉公していたのでございますよ」

女は襟に手をやって胸を張った。

くいっと背を伸ばして、弦之助を見る。

「それはそれは。そんな女に巡り合えるとは、俺は果報者だな」

「まだこの肌は熱うございます」

「いや、わかっておる」

「それならなぜ、お床に入るのはお嫌とおっしゃる。私を侮《あなど》ってやしませんか」

「すまぬ。俺はそもそも、最初からそんなつもりでここに来たのではないのだ」

「まさか、お役人ではございますまいね」

「役人ではないが、女、お前は、こんなところで男をとれば罪だという事は知っているのか」

「知っています。でも逃げられないのです」

「通いではないのか」

「さらわれてきたのですよ、ここにいる女たちは」

「何……」

「いい働き口があるとかなんとか言われて、騙されて」

「お前もか」

「はい。一人逃げ出した娘がいたんですが、すぐに連れ戻されて殺されました」

「この屋敷でか」

「はい」

「その遺体はどこに埋めた」

「庭の隅に埋めました。あたしたちの目の前で……旦那、旦那はやっぱり、何かお調べなんでしょ。どうかここの女たちをお救い下さいませ」

女はにじり寄って手を合わせた。

――思いがけない方に風が吹いて来たぞ。

弦之助は背筋がぞくぞくしてきた。

「約束しよう。おまえの名は……」

「おきのです」

「よし、そうと決まったら、おまえさんが知っていることを、すべて俺に話してくれ」

弦之助は興奮した目でおきのを見た。

「そのおきのの話では、あの屋敷の主はどこの誰だか見当もつかないが、空き家ではないかと言うんだ。屋敷には総髪の男で殿様と呼ばれている武家がいるそうだ」

弦之助は、らくらく亭の二階の小座敷に入って来ると、先に来ていた伊織に言った。

「その総髪の男、真野鉄太郎か」

きらりと伊織は弦之助を見た。

「おそらくな。女たちは若い者もいればおきののような年寄りもいる。みなさらわれてきた時には、その殿様の目で品定めをするそうだ。つまり女の値段を殿様がつけるという訳だ」

「女は何人いるのだ」

「おみつという女が殺されたそうだが、一人殺されて今は七人。奴等は女が稼ぐあがりで結構な暮らしをしているようだ」

「男は何人いた」

「おきのが見たのは五人ほどだと言っていたが、確かな人数はわからぬということだ」

「その五人の中に、浅五郎を殺った男がいる筈だ」

伊織が顔をしかめて言った時、

「遅くなりやした。ちょいと蜂谷様のお手伝いを致しておりまして」

長吉が帰って来た。

「蜂谷様は、常吉をお縄にいたしやした」

「何、手入れでもしたのか」

「いえいえ、元町の淡雪豆腐屋で一杯やったのはいいのですが、金を持ってなかったらしくて、俺は偉い殿様につながる者だと脅して食い逃げしようとしたんでさ。昔はそんな感じでずいぶん無茶なこともやっている。それで通ると思ったんでしょうが、店の者が承知しなかった。あっしはずっと奴をつけておりやしたからね。店の者に耳打ちして、加勢してもらって奴をつかまえて、近くの番屋にひっぱって行ったんです。それで、蜂谷の旦那がみえるのを待っておりやしたので、こんな時間になりやした。ですが、大きな収穫がありやした」

「なんだ、それを早く言わぬか」

弦之助がせっついた。

「へい。罪を軽くしてもらいてえ一心で、浅五郎殺しの下手人を知っていると吐いたんです」

「何だと。誰がやったと言ったんだ」

「浅五郎をやったのは、彦太郎、直太郎《なおたろう》という男だそうですぜ」

「どこかで聞いた名だな」

「二人とも例の事件で真野と一緒にいた男たちです。、彦太郎は西丸御賄新組市《いち》十郎《じゅうろう》の倅で重追放になっている男で、直太郎は駒井町《こまいちょう》の大工伝兵衛《でんべえ》の倅で所払いになっている男です」

「犯罪者たちが揃って江戸に帰ってきているのか」

「そのようです……で、殺しの理由ですが、遊びの金を欲しくなった浅五郎が殿様の真野鉄太郎に金を要求したんじゃないかということです。ところが殿様は断った。それで浅五郎は逆に殿様を脅し、それで殺されたのだと」

「よく、白状したな」

「どうせ、自分だけは重罪から逃れたい一心で白状したんでしょうが、さあ、どうなるか」

「その殿様だが、真野鉄太郎に間違いないのか」

伊織が聞いた。

「そのようです」

「とはいえ、相手は旗本屋敷だ」

「いったい誰の屋敷だったのだ。俺たちが中に入るのを、長吉、お前は確かめてくれたな」

「へい。それですが、三百石の稲部《いなべ》という方の屋敷でございやした。ただし稲部様はいまは甲府《こうふ》勤番《きんばん》、奥方は稲部様がお帰りになるまで実家に帰っているとかで、留守は中間が守っているようです。この中間が、事件を起こした中間たちと知り合いだったことから、稲部様のお屋敷は、いまは犯罪者の潜伏屋敷となったというのですが」

「するとなにか、空き家なら別だが、町方は屋敷には踏み込めぬということか」

「そういうことです」

長吉は、いまいましそうに相槌を打った。

六

その日も、朝からひとしきり雨が降った。

雨が止んだのは昼の八ツ（午後二時）頃、夕刻近くになると、満開の花の散るのを惜しんでか、大勢の人たちが繰り出してきた。

だが長吉と増蔵は、そんな人の群れからは無縁な御竹蔵裏手の稲部の屋敷を望む路地にいた。

まもなくその屋敷から、総髪の武士が手下二人を従えて屋敷の外にふらりと出てきた。

「長吉の旦那、あれが真野の殿様でございますよ」

博打打ちの増蔵は、総髪の武士を顎で差した。

二人は真野鉄太郎たち一行の後を追った。

一行は、御竹蔵の裏通りを北に向かって歩き、隅田川に出て、さらに川沿いを北に向かった。

「増蔵、先を行く二人の手下の名はわかるか」

「へい。馬面の男がおりやしたでしょ、あいつが馬之丞、もう一人の鋭い目をした男が彦太郎です。二人とも重追放になっていた男ですよ……旦那」

増蔵が長吉の袖を引いた。

馬面の男が、吾妻橋《あづまばし》の袂の酒屋に入って角樽《つのだる》をぶら下げてきた。

「これから花見に行こうってのか」

長吉は呟くように言った。

三人はぶらぶらと、さらに北に向かって行く。

「増蔵、すまねえが、だるま屋に走ってもらえねえかい」

長吉は前を見据えたまま言った。

「乗りかかった船です、承知いたしやした」

増蔵は長吉から離れると、吾妻橋を渡って西に降りた。

長吉は、再び軽い足取りで、三人の後ろを追った。

水戸家の下屋敷の長い塀を黙々と歩くと、そこから北に向かって桜の堤である。

雨上がりで花は生き生きしているようにも見えた。

だが、風が起こると、いずこの枝からか花びらが舞う。

——人殺しが、たいした度胸だ……。

長吉は甘酒をすすりながら、その目は長命寺を見渡せる一段高い土手の上に腰を下ろしている一行をとらえていた。

そろそろ沿道には灯をともす頃である。

家族連れは岐路につく頃だが、若い女たちが華やかに着飾って、黄色い声を発しながらそぞろ歩くのはこれからの時刻である。

三人は、にたにた笑いながら、通り過ぎる女たちを品定めしていたが、やがて酒も飽きたのか、鉄太郎が顎を振ると手下の二人が土手から走り降り、通りすがりの娘たちに声をかけ始めた。

何を言っているのかわからないが、二人は女を誘う時、あのお方がお呼びなのだと言わんばかりに、鉄扇でゆらりゆらりと扇いでいる鉄太郎に視線を投げた。

娘たちはくすくす笑って、ちらちらと鉄太郎を見やるのだが、誘いに乗るかにみせて案外と用心深く、目の前のいわくありげな二人の男に、やんわりと誘いを断って去っていく。

半刻余もそんな光景を繰り広げているうちに、鉄太郎は癇癪《かんしゃく》を起こして、鉄扇で手下二人の頬を張った。

鉄太郎は扇子を腰に差すと、襟元を正して土手をおりた。

二人の手下も、いそぎんちゃくのように鉄太郎の後を追う。

やがて鉄太郎は、睦まじい一組の男女が、長命寺の北側の、人通りのない横道に入って行くのに目を止めた。

そこにも桜の木が植わってはいるのだが、申しわけ程度で花のつきも悪く、雪洞は一灯として点《とも》っていない。

隅田川沿いの見事な桜の花道に比べると、そこは人影もない寂しげな場所だった。

「ピーチュル、ピーチュル」

長吉は危険を察知して、口笛を吹いた。小鳥の鳴き声を真似た、長吉の得意芸だった。

増蔵の連絡がきちんと届いていれば、だるま屋の誰かが近くまで来ている筈だ。笛は、どれほど人出が多かろうと、必ず仲間に届く筈である。

「ピーチュル、ピーチュル」

長吉は間隔をおいて指笛を吹いた。

そうしている間にも一組の男女は、横道の寂しげなたたずまいの桜の下で向かい合った。

男も女も町人のようだった。

見つめ合った二人が、やがて顔を近づけた時、鉄太郎は大胆にも二人の横ににやにや笑いながら立ちはだかった。

ぎょっとした二人が逃げようとしたのだが、鉄太郎の手下の二人に逃げ道を塞がれた。

長吉は、一同が群れている横道に向かって走った。

その間にも、鉄太郎が女を奪って、手下二人がすがる男を蹴飛ばすのが見えた。

だがその時、鉄太郎たちの前に走り出て来て、刀を抜き放った者がいる。

長田兵吉だった。

「真野鉄太郎、重追放になっているにもかかわらず、大胆にもまた昔と同じ所業を繰り返しているとはな。今日こそ決着をつけてやる。その者を離せ」

兵吉の声は震えていた。

「ふっふっ、お前に俺が斬れるのか……あの時、へっぴり腰を抱えて逃げたのは、誰だったか、忘れたようだな」

鉄太郎は言い、手下の二人と肩を揺すって笑った。

「おのれ、鉄太郎」

「それほど望みなら、受けて立ってやる」

鉄太郎は、女を手下の方に突き放した。

「あっ」

女は、手下の腕の中で匕首を突きつけられ、恐怖で口を閉じた。

「長吉！」

その時、向こうの雪洞の明かりの中に伊織の姿が見えた。

「伊織様！」

長吉が叫ぶと同時に、

「きえー！」

兵吉の声が春の闇を斬った。

「うわっ……」

だが兵吉の剣ははじかれて、兵吉は後ろに飛んだ。

「やめるんだ、長田殿」

伊織が駆け寄り、兵吉をかばって立った。

「秋月殿、この男をこのまま好きにさせておいては、私は、己を否定したまま生きなければなりません。いえ、生きていても屍も同然です。あの時母が、私の剣を取りあげたのは、相手の挑発に乗るでない、仮にも旗本がつまらぬ騒動をおこしてはならぬ、そんな配慮があったものと考えております。それを、世間から臆病者よと笑われては、私の立つ瀬がございません。ここで、きっぱりと、武士としてのけじめをつけたいのです」

兵吉は悲壮な顔をして叫んだ。

「まあ、待て！」

伊織は兵吉の腕をぐいとつかんで押しとどめた。

兵吉の気持ちのわからぬ伊織ではない。
私は己を否定したまま生きることになる――
伊織はその兵吉の言葉に絶句したが、
――わかってはいるが、貴公の腕では無理だ。
そう諭すつもりで力をこめたのだった。
その伊織に、
「誰だか知らぬが、そこで黙って見物しておれ。さもなくば」
鉄太郎は、馬之丞の腕でもがいている娘に視線を投げた。
その時である。
伊織がその視線を追った一瞬の隙に、兵吉は伊織の手から逃れた。
「やーっ！」
兵吉は鉄太郎に向かって上段から打ち下ろしていた。
だが、鉄太郎はこれを弾くと、返す刀で兵吉を斬り下ろした。
「死ね！」
兵吉は後ろにのけぞるようにして、かろうじてこの刀を躱《かわ》し、踏み止どまって
正眼に構えて立った。

「伊織様……」

長吉が案じて思わず声を発するが、伊織はこれを制するように、右掌を長吉の前に突き出した。

鉄太郎は、だらりと刀を下げ、不敵な笑みを漏らしている。

じわりじわりと兵吉に詰めて行く鉄太郎。

兵吉は正眼に構え、腰を据えて、鉄太郎との間合いを計っているようだった。

あの、柳原土手で、伊織が手解《てほど》きした通りに兵吉は練習を積んできたらしい。

剣のつかみ方、腰の落し方には進歩がみられた。

しかし所詮は剣術嫌いの兵吉のこと、鉄太郎とは格段の差が見えた。

それでも兵吉は、走り込んで打ち込むのは腰が定まらぬと思ってか、一歩も動かなかった。

命を賭してもという凄まじい兵吉の気迫だけは、伊織にも長吉にも伝わってきた。

鉄太郎は間合いを詰めて立ち止まり、体を斜めに開くと、ゆっくりと刀を肩に引きつけた。八双《はっそう》の構えであった。

「兵吉殿、目を開けてよく見るのだ」

伊織が叫んだ時、
鉄太郎が、大きく踏み込んで袈裟掛けに斬り込んで来た。

同時に兵吉も相手の手もとに向かって突進した。

二つの刃が交錯する音が響き、火花が散った。

「うっ」

短い苦痛の声を兵吉が上げ、身を丸めた。

それに乗じて、大上段から振り下ろす鉄太郎の刀を飛びこんできた伊織の刀が撥ね返した。

「長田殿を殺させるわけにはいかぬ」

鉄太郎に言った。

長吉もその時、馬之丞の横手から飛び込んで、娘の首を後ろから腕に巻いている馬之丞の喉元を鉄拳で突いていた。

娘は転げるようにして、手下の腕から逃れて逃げて行った。

その時である。

鬼のような形相で伊織を睨んで立つ鉄太郎に、

「やーっ！」

兵吉が、伊織の横をすり抜けて、体当りして行った。

――しまった。

伊織が息を呑んだ次の瞬間、

「死ね！」

鉄太郎も反応するように、兵吉の肩を斬撃していた。

ゆらり……鉄太郎の体が揺れたかと思ったら、闇が這う地に鈍い音をたてて落ちた。

続いて兵吉も肩を押さえたまま、崩れ落ちた。

慌てて逃げていく馬之丞と彦太郎の先に、北町奉行所同心の蜂谷が立ちはだかっていた。

伊織は兵吉に駆け寄ると抱き上げた。

「長田殿……」

「秋月殿、恩にきます。これで、かねの夫として、菊之助の父として死ねます」

「おぬしの武勇、見届けた。傷の手当てをして、かね殿のもとに帰るのだ」

「もう駄目です」

「何を弱気なことを……二人が首を長くして待っているぞ」

「秋月殿……私は昨日、二人の姿を見てきました」

「会いに行ったのか」

「はい。この世の名残に一目会いたいと……二人は、二人はあの桜の下で、風に散る花びらを両手に受けておりました」

兵吉の声が震える。

「長田殿……」

呼びかける伊織の胸も締めつけられるように痛い。

抱きかかえる伊織の腕を、兵吉の指が力なくまさぐった。

「秋月殿、かねに伝えて頂けませぬか……桜を、桜を私だと思って生きてくれと……二人をきっと守っていると……」

兵吉はそう言うと、静かに息を引き取った。

「伊織様」

長吉の沈んだ声がした。振り返ると、二人の手下に縄をかけた蜂谷と長吉が、そこにいた。

「伊織様、お上もやるものでございますね」

吉蔵は記録の手を止めると、笑みを浮かべて見上げてきた。

「なんの話だ」

「おや、ご存じなのではありませんか。長田家の再興が決まったそうではありませんか」

「何、まことか」

「はい。同じ旗本でも家禄二百石、菊之助殿が成人なされるまでは食い扶持《ぶち》として百石を賜るということです」

「それはよかった」

「旗本稲部様のお屋敷に閉じ込められていた女たちも、みな助かりましたし、法を犯して江戸に侵入していた輩はみな打首でございます」

「そのことだがな、俺の証言が果たした役割りは大きいぞ、な、吉蔵……」

横から弦之助が口を出した。

「おや、そうですか……私はまた、いつものすけべ心に従っただけと思っておりましたが」

吉蔵がやり返した。

伊織がそれを引き取って言った。

「一件落着だな、吉蔵。真野事件の後日談は書くんだろうな」

「もちろんでございます。お記録にも力が入るというものです」

吉蔵は早速とっくりをひきよせて、なみなみと酒を湯飲み茶碗に注ぎ、素麺箱の上に置いた。

「亡くなられた長田様のかわりに、まずは一杯」

吉蔵は言い、湯飲みを取り上げたが、

「ややっ」

声を上げた。

「桜の花弁ですよ。どこから飛んできたのでしょうか」

湯飲みの中から、花弁を一枚つまみあげて伊織に見せた。

「ほう……」

伊織は首をまわして辺りを見渡したが、塀越しに桜の花の枝の見える家は見当たらなかった。

——長田殿……。

伊織は、長田の死を、かねに伝えに行った時のことを思い出していた。

丁度あの時、庭の桜がちりりちりりと降るように落ちていた。

「あの人が死んだ……」

かねは庭に下りると、呆然として桜の木の下に佇んだ。

伊織は静かに言った。

「立派な武家としての最期でござった。長田殿は最後にこう申された。桜を私だと思って生きてくれと……二人をきっと守っていると……」

「ああ……」

かねは泣き崩れたが、やがて頬に涙を残したまま立ち上がると、

「あなた……」

散り落ちてくる桜の花びらに手を合わせた。

あの時のかねの姿は、伊織の胸にまだ鮮明に残っていた。

第四話　春《はる》疾《はや》風《て》

一

「じゃあな」

弦之助は万年橋の南袂に下りると、伊織と長吉に手を上げた。

万年橋は、小名木川《おなぎがわ》に架かる橋だが、大川沿いの紀伊《きい》家下屋敷のところから海辺大工町に架けた、長さが二十二間ほどの橋である。

「我を忘れるんじゃないぞ」

伊織は、小名木川沿いの道を東にとろうとした弦之助に言った。

弦之助は振り返ると、

「それを言うならおぬしの方だ」

にたりと笑って、すたすたと去って行った。

「まったく……」

伊織は苦笑を浮かべて見送ると、長吉と深川の櫓《やぐら》下の岡場所に向かった。

弦之助は常磐町《ときわちょう》の岡場所に向かっている。

むろんこれは見届けのための調べである。

ただ、弦之助の場合は、どうやら昔馴染んだ女が常磐町にいるとかで、伊織たちとは別行動になったのだが、吉蔵から調べの費用としてせしめた金も、十分すぎるほど懐に入れている筈である。

見届けをきちんと果たしてくれるのかどうか、怪しいものだった。

だいたい、今度の調べは、吉蔵の異常なほどの探求心から出たことである。

吉蔵は、縦横に張り巡らしている情報の協力者から提供されたものを記録するだけではない。納得がいかなかったり、記録の先に興味を持ったりすると、もう放ってはおけなくなるのである。

こたびの話も、店先の莚の上でせっせと記録していたのだが、やってきた伊織の姿を見た途端、むくりとその探求心が動いたらしい。

「ひとつ、ある事件の顚末《てんまつ》を調べてもらえませんかね」

筆を止めて、ぎょろりとした目を見上げて言った。

「事件は昨年の秋に起きたもので、お裁きはつい先日下されまして、ただいまそれを書き付けたところですが……」

吉蔵は、墨の跡も瑞々《みずみず》しいお記録を、腰を落とした伊織に手渡した。

それには、長崎奉行本多《ほんだ》近江守《おうみのかみ》の家来で伊藤半左衛門《いとうはんざえもん》という者が、長崎勤務を終えて江戸に帰ってきたのだが、在勤中に丸山の遊女と親密になり、自身も目に余る不行跡を連ねてきたばかりか、伊藤の家来たちまで女たちとの乱れた関係を断ち切れず、女たちに関所破りまでさせて江戸に連れてきたという理由で、遠島を申し渡された旨が書かれてあった。

伊藤の女は江本《えもと》というが、江本は長崎を発った伊藤を、追いかけて同宿し、二度長崎に返されている。

しかも伊藤の家来の島田《しまだ》という若党や、伊藤の近習大河内《きんじゅおおこうち》という者は女郎を身請けした挙句、船をつかったり、身元の怪しい男をつかって関所破りをおこなっている。

この二人は死罪となった。

他にも伊藤に言われて手を貸した家来は江戸十里四方追放に、死罪となった男たちについて来た関所破りの遊女は、吉原に奴《やっこ》として払い下げになった。

奴というのは、刑のひとつで、普通岡場所の売女などが検挙された時に科せられる刑だが、吉原の娼家の奴隷になるということである。

一般に女郎というのは年季奉公のことをいうが、こちらは一生奴隷である。人生の墓場に送られたのと同じであった。

「それで、何を見届けたいのだ」

伊織がお記録から顔をあげると、

「実はこの者たちとは別に、洗濯女で長崎在勤者の江戸者に惚れた女が三人、こちらも同じように男たちを追って長崎を発ち、関所破りをしてつかまっておりまして……」

「洗濯女までが関所破りを……」

洗濯女とは、単身赴任者の衣服を洗うのはむろんだが、男の性の洗濯までしてやる女のことをいう。

「はい。みな年増の三十に手が届くような女たちですが、同じような事件を起こした者たちの中で、この者たち三人だけが、どうしたわけか数日間の入牢で罪を許され放たれております。その女たちが、この江戸でどうしているものかと……」

「何、洗濯女のその後を見届けるのか」

「はい。田舎まるだしの長崎の女たちが、この江戸でその素性も聞かれずに暮らすとなると、岡場所しかないのではと……まあこれは、私の考えですが……」

吉蔵は事も無げに言ったのである。

「ふむ……」

「いかがでしょうか、岡場所見聞というのは」

伊織が返事をしかねているところに、弦之助と長吉がやって来た。

「面白そうじゃないか。たまにはそういうところの見届けもいいもんだ。そうじゃないか……わっはっは」

弦之助は明るく笑って、

「しかし、見届けの費用はいるぞ、吉蔵……岡場所見聞となれば金がなくては玄関にもあがれぬ」

などと言い、吉蔵から見届けの費用として一両を預かった。

弦之助一人に一両、伊織と長吉に一両、吉蔵にしては大盤振る舞いであった。

それで三人は、柳の芽の吹く大川端を、ゆらりゆらりと歩いて来たのだが、万年橋にかかったところで、弦之助が急ぎ足になったのである。

見届けとはいえご内儀の多加殿に知れたら、また灸をすえられるに違いない。

破目をはずさぬようにと注意をしたのだが、弦之助は上の空で目的地に向かったのである。

「伊織様、伊織様は櫓下の岡場所をお願いします。あっしは別を当たります」

油堀川《あぶらぼりがわ》の道に入った時、長吉は言った。

「まてまて、それなら二分はお前に……」

伊織が懐を探っていると、

「あっしには岡っ引だった頃のツルがおりやす。金は必要ござんせん。善し悪しは別にして、昔の顔はまだまだ通用します。ここいらの者はあっしには、へたな返事はできねえ筈でございやすから」

長吉はそう言うと、道を南に折れて古石場に向かっていった。

伊織は長吉と別れると、傾きかけた柔らかい日の影を踏み、猪口橋の上の手前でいったん立ち止まった。

橋を渡れば岡場所横櫓である。

その向こうは裾継《すそつき》と呼ばれていて、右手後方の門前仲町《もんぜんなかちょう》の火の見櫓の横には表櫓と呼ばれている岡場所が軒を連ねていた。

どこに上がるか迷ったが、表櫓は女郎は呼び出しになっていて、横櫓と裾継は総伏玉《そうふせだま》、女郎は店に抱えられている。

お咎めが解けたとはいえ件《くだん》の女たちは、怖い目に遭わされた司直の目は避けたい筈だ。

この江戸の私娼窟《ししょうくつ》に身を潜めるなら、店の抱えになって外から隔離されて暮らすことがかえって好都合というものだろう。

伊織はそこまで考えて、橋を渡ると、まっすぐ先に連なる裾継と呼ばれる私娼の町に入った。

「野郎！　……何度言ったらわかるんだ」

裾継の通路に入った途端、三、四軒向こうの女郎屋の前で、やくざ風の男たちに、殴る蹴るの暴行を受けている若い町人の男が目に止まった。

男は、お店者《たなもの》ではなく職人のようだった。

「おめえみたいなシケた野郎に、うろうろされたら迷惑なんだよ」

やくざ風の男の一人は、倒れた職人風の男を、襟をつかんで引っぱり上げると、その腹に膝頭をぶち込んだ。

「ううっ」

腹を抱えて海老のようになり、転げ回って苦しんでいる男に、やくざ風の男は追い討ちをかけるように、言い放った。

「二度と来るんじゃねえぜ。今度見つけたら命はねえ。いいな」

ご丁寧にも、足元に転がって顔をしかめている職人風の男の顔に、

「ぺっ」

唾を吐きかけた。

「何をするんだい。いい加減におしよ！」

すぐ目の前の『津《つ》の国屋』と軒《のき》行灯のかかっている女郎宿から、ふっくらした女が走り出て来ると、職人風の男を庇うように背に回して、やくざ風の男たちをきっと睨んだ。

「ちっ」

やくざ風の男たちは、舌打ちすると、

「おふく姉さんよ……たいがいにしねえ。おめえもな、お人好しばっかりしてたら、とばっちりを食うぜ、それでもいいのかい」

見下ろすようにして脅しをかけた。

「何言ってんだい。ここに住んでる者は、みんな助けあっていかなきゃ生きてい

けないんだ。そのあたしたちの仲間の中に、自分の許嫁《いいなずけ》がいるんじゃないかって、この人は捜しに来てるんだろ。辛い話じゃないか。気の毒だと思わないのかい」

「…………」

「ここらへんの女郎たちはね。こういう人がいてくれることに、救いを感じるんだよ。そんなこと、わかってるじゃないか、そうだろ……兄さんたちだって陽の当たるとこで生きてけないから、こんなところにいるんじゃないか。あたし、間違ったこと言ってるかい……」

おふくは、女郎なりの啖呵《たんか》を切った。

やくざ風の男たちは、勢いを殺《そ》がれたのか返す言葉を失って、打ち揃ってぞろぞろと伊織の側を抜け、表櫓の入り口にある小さな家の中に入った。

その家の表の部屋の、通りに面した戸は格子になっていて、部屋にいながらにして表が見えるようになっている。

どうやらその家は、この表櫓の店の女が勝手に逃げ出さないように監視し、或いは万が一足抜きや駆落ちをした者が出た時には、その女をどこまでも追っかけて連れ戻してくる役目を負った男たちの待機所のようなものらしかった。

「伍助《ごすけ》さんと言ったね。ここは怖いところなんだから、気をつけなくっちゃ」

ふっくらした女は、まるで弟に言い聞かせるように言い、赤い襦袢《じゅばん》の袖口で、伍助と呼んだ男の顔の血をそっと拭った。

「いったいどうしたのだ」

伊織が声をかけた。

すると、はっと顔をあげたおふくは、救いの神でも現れたかのような顔をして、

「困った人なんですよ、この人。おちよとかいう女はいないかって、月に何度もここにやって来て、あっちの店、こっちの店と、店に上がりもしないでうろうろするもんだから、見てやって下さいよ、このざまを……ここに来るたびに、こんなに酷い目に遭うのに、止めないいんだから、馬鹿ですよこの人は」

「そうか、おちよという女を捜しているのか。お前の何なんだ、その人は」

伊織は、まだふらふらしている職人風の男に聞いた。

「い、い、許嫁……」

「何、では、許嫁がこの櫓下にいると」

「人づてに聞いたんですよ。この裾継にいるって」

「でもね、伍助さん。ここでは皆昔の名を変えて暮らしていますからね、おちよさんといったって、それが昔の名前か今の名か……」

「鼻の横にほくろがある女だ」

「あら、それなら案外早くわかるかもしれない。いい……あたしがあたしなりに捜しておいて上げるから、もう少し経ってから来てみなさいな」

「すまねえ。よろしく頼むよ、姉さん……」

伍助は、立ち上がったおふくの腰を抱き留めるようにして、見上げて言った。

「おふくちゃん、お母さんがお呼びだよ」

津の国屋の店先から、やり手婆の女が呼んだ。

「いま行きます」

おふくはやり手婆に言い、

「お武家様、申し訳ありませんが、この人、ここから無事出してやってくれませんか」

伊織に頼む。

「ふむ」

――まっ、それぐらいなら仕方がないか。これも何かの縁、こちらもこれから人捜しで世話になる。

「ねっ、お願いよ。私にも田舎にこの人とおんなじぐらいの弟がいてさ、放っとけないのよ」

おふくはそういうと、なまめかしい襦袢の仕事着をひらひらさせて、店に戻った。

伊織の目には、白いおふくの素足が、妙になまめかしく映ったのである。

「俺につかまれ。近くで一服してから帰ればいい」

伊織は伍助の手を、自分の肩に回し、ひきずるようにして裾継を出た。

――そういえば、橋の袂にうどんそばの店があったな。

伊織はふっと、『うどんそば・おかめ』の暖簾が風にめくれ上がっていたのを思い出していた。

二

「あっしの国は、上野《こうずけ》国岩鼻《いわはな》でございやす」

伍助という男は、おかめに入って人心地ついたのか、伊織に、自分は国から三年前にこの江戸に出てきたのだと言った。

「では、おちよという許嫁を三年も捜しているのか」

「いえ、初めは畳職人として一人前になりたいと思って江戸にやってきやした。一人前になっておちよちゃんと一緒になりてえ、そう思ったのでございます……」

ところが一年前のこと、家族の困窮を救うために、おちよは女郎になったのだと、国から所用でこの江戸にやってきた友達に聞いた。

伍助の家も、おちよの家も、赤貧の百姓である。

「不作の年が続くと、たちまち暮らしは厳しくなる。村で女の子を産み育てるのは、そういう時に金蔓《かねづる》になるからでございやす。おちよちゃんの親は責められねえ」

伍助が聞いた話では、おちよは深川の岡場所に売られたらしい。

それで伍助は、仕事の合間に深川の岡場所を捜すようになったのだという。

「まあ、無理はするな。そのうち、きっと見つかる」

伊織は慰めを言い、

「親父、酒のおかわりだ。それと、先程頼んだこの店の名物、煮込みうどんはまだなのか」

板場に向かって声を上げた。

何がうまいかと聞いたら、ここは女郎たちが息抜きにうどんや蕎麦を食べに来るところだが、女たちに人気があるのは煮込みうどんだと言ったのである。

ところが、銚子が一つ空くまで待っているのに、まだ出てこない。

しびれを切らして尋ねたのであった。

「申し訳ねえ。うっかり麺が切れていたのを忘れていて、今女房が麺を買いに走っておりやして。もうしばらくお待ち下さいまし」

と言う。

「旦那、お心遣いはありがてえんですが、親方に日の暮れるまでには戻るように言われておりやす。これで失礼いたしやす」

伍助は立って店を出ていった。

「あら、伍助さん、帰ったんですか」

入れ違いに、おふくが入って来た。

おふくはすぐに、

「おじさん、いつものやつ……ね」

どうやら煮込みうどんのことらしい。

うどんは今玉を買いに行っているんだと聞くと、

「ちぇ、ついてないね、じゃ、待ってる間に、あたしもいっぱいやろうかな」

伊織の手元を見てそう言いながら、

「旦那、お相伴《しょうばん》させて下さいな」

横に座って、盃を突き出した。

「うむ」

伊織が注いでやると、ぐいっぐいっと、駆けつけ三杯といった風に、一気にあおった。

「さっきは勇ましいところを見せてもらったが、飲みっぷりもたいしたものだな」

「旦那、こんなところに生きている女が自慢できるのは飲みっぷりぐらいのもんさね。嫌なことを忘れてぐっと一杯……そのあとで熱い煮込みうどんをすする。それがあたしの楽しみなんだ。なのにうどんを切らしているなんて、ついてないね」

おふくはちらと店を見渡して、

「ところで旦那、誰かお目当てでもいるのかい」

にやりとして聞いてきた。

「いや……」

一瞬どきりとして答えると、

「なんだ冷やかしかい……それだったらあたし今お茶っ引きでね、どうあたしと
……」

おふくは、とろんとした目で伊織を見た。

「おいおい、酔っ払った訳ではあるまい」

「それが、旦那の姿見たら酔っ払っちゃった。いいでしょ。煮込みを食べたら
……」

片目をつぶる。

「おふくさんだったたな。部屋に上がってもいいのだが」

「嬉しい、約束よ」

「ただ……つまりその、何だ、私は少し聞きたいことがあってここに来た」

「何よ、聞きたいことって」

「人捜しをしているのだ」

「まさか、これ？」

おふくは、がっかりした顔で、小指を立てる。

「いや、実は俺は見届け人と言ってな……」

伊織は、岡場所の女郎には聞き慣れない仕事を手短に説明して、昨年このお江戸でお構いなしとなった長崎の洗濯女たち三人を捜しているのだと言った。

「嫌になっちまう。旦那までお人捜しとは……でも、いい人を捜している訳ではなさそうだから、許してあげる」

「岡場所で働いているという保証はないのだが長崎訛《なま》りを話す女たちなんだ」

「名前は」

「おいそ、おはな、それにおとみだ」

「旦那、そのひと、おいそさんと、おはなさんと……もう一人は誰だったかしら」

「おとみという女だ」

「おとみね。わかりました。この櫓下周辺の女郎宿にいるとしても名前は変えてるでしょうしね。私なりに当たってみますよ」

「すまぬ」

「そのかわり、旦那、伍助さんのこと、力になってやってくれませんか」

「馴染みの客でもあるまいに、ずいぶん肩入れしているのだな」

「だってさ、さっきも言ったけど、あたしの弟のような気がするんですよ。一途でさ、江戸中の岡場所を何年かかっても捜すんだなんて、泣かせるじゃない？」

おふくは、ようやく店の亭主が運んできた煮込みうどんに、ちらと目をやり、

「あたし、ああいう話には弱いから……」

どんぶりを引き寄せて、笑ってみせた。

「ここの煮込みは、本当、おいしいから、食べてみて」

おふくは言い、ふうふう吹きながら、うどんを頬ばった。

二人はしばらく、舌を火傷《やけど》させないように、うどんをすることに熱中していたが、

「女郎の仕事は辛いけど、ここで男の相手をしてりゃあさ、こんなおいしいうどんも食べられるんですものね」

しみじみとおふくは言った。

「苦労があったんだな」

伊織は相槌を打つ。

「あったさ。あたしの下にごろごろ弟や妹が生まれてくるから、たいへんだったんですよ。でもね、楽しみが一つだけあったんですよ」

「ほう……」

「毎年、夏祭りには盆踊りがあってさ。あたし、これでも、先頭切って踊ってたんです」

おふくは、少女のように顔を輝かせて言った。

「おふくの踊りか……見てみたいものだな」

「ほんと……」

嬉しそうに手をひらひらさせて、
ハアー　遠くに見えるは富士の山

ちょっと踊る真似をしてみるが、

「でも駄目だね、もう忘れちゃった。ずいぶんになるもの、国を出てから……」

おふくは、ちょっぴり寂しそうな顔をした。

「いつかまた、いい時もある」

「そうね……今はここがあたしの住家だもの。元気でさえいれば、なんとかなるよ……なんてね。そうでも思わなきゃ」

「その通りだ。だがな、昔この深川にあった安宅《あたか》という岡場所が、武家といざこざ起こしてお取潰しになったのを知っているな」

「聞いたことあるよ」

「ああなっては、行く当てのない女たちは、夜鷹になるしかないんだから……夜鷹になって捕まりでもしたら、今度は吉原に奴の刑で送られる。せいぜい気をつけて暮らせ」

「旦那……」

おふくは、はははと笑った。そして言った。

「明日は明日の風が吹くさ……先のことなんて考えてたら女郎なんてできやしないよ」

伊織にとっては、初めて出会う、逞《たくま》しい雑草のような女だった。


「やっ」

伊織は、馬喰町四丁目の角で立ち止まった。

右手には浅草御門、歩む先は柳原通りの広い路だが、この路に面して郡代の屋敷の塀がずっと向こうまで続いている。

そこで、月夜にも町人とわかる二人の男を、抜刀した三人の武士が取り囲むように立っていた。

深川の裾継に行った帰りだから、時刻はおそらく四ツ（午後十時）近いだろうと思われた。

町人二人は、じりじりと追い詰められて、郡代の屋敷の壁を背にして武士たちを見た。もうそれ以上後ろに退くことは出来ない。

伊織は、静かに近づいた。

――百姓か……。

町人と思っていた男二人は、どうやら身なりからして百姓のようだった。短い着物、その着物の肩にある別布の継ぎ当て、足を包んでいるはばきのようなもの、そして草鞋を履いていた。

追い詰められた百姓の一人が叫んだ。

「お、俺たちを殺したって、この騒ぎはおさまらねえぞ！」

「殺せ！」

武士の一人が叫ぶと同時に、もう一人の武士が、迷い込んだ野良犬を殺すように百姓の一人を斬った。

「ぎゃ」

百姓の一人が崩れると、別の武士がもう一人の百姓を狙って刀を振り上げた。

「待て！」

伊織が、武士の振り下ろした剣を払って、百姓をかばって立った。

「無腰の者に、武士が刀を抜いて斬りかかるとは卑怯ではないか」

「無礼打ちだ」

「いや違う。もしもそうでも、無闇に殺していい筈がない。評定所にかけられたら、お前たちは死罪」

「何……」

三人の武士は、伊織に矛先を変えた。

「さあ、今のうちだ。逃げなさい。怪我はないな」

伊織は側で震えている男に言った。

「足に少し、でも大丈夫でございやす」

「ならば、隙を見て、走れ」

「かたじけねえ。ご恩は一生……」

「いいから、早く。闇に紛れろ」

伊織は、男の底光りするような目を見て言った。

男は頷くと、伊織がずいと武士の前に踏み出して、退路を開いてくれたその瞬間を見て、柳原土手に走った。

男は、かすかに足を引きずっていた。

「逃がすな」

追っかけようとした武士三人の前に、伊織がすばやく回って言った。

「手を引け、引かねば斬る」

「くそっ」

武士の一人が飛びかかってきた。

伊織は、その剣をなんなく跳ね返すと、返す刀で男の腕を斬りさげた。

「うっ」

武士は腕を抱えると、恐怖にひきつらせた顔で伊織を見た。

「わざと外してやったのだ。次は命をもらうぞ」

伊織は、三人の武士にそれぞれ照準を合わせるように剣先を向ける。刃がきらりと光った。何かが乗り移ったような光であった。

「ひ、ひけ」

怯《ひる》む声で、一人の武士が叫んだ。

三人の武士は、先を争うように馬喰町の大通りに走り出ると、そこから横丁の道に消えた。

「おい、しっかりしろ」

倒れている百姓を抱き上げるが、すでに事切れていた。

——なんのための襲撃か……何かのっぴきならない事態が起きている。

伊織は妙な不安を感じながら、動かない百姓の遺体を静かに置いた。

そこに軽い足取りが近づいて来た。

「伊織様……」

走りよってきたのは長吉だった。

「俺たちを殺したって、この騒ぎはおさまらない……たしかそう言いやしたね」

「うむ……それにこの旅仕度、もしかすると……」

長吉は、伊織が寝かした遺体を見て、

「越訴《おっそ》ですかね」

長吉は険しい顔を向けた。

越訴とは、正規の手順を踏まずに、直接幕閣の要職などにある人に訴え出ることで、きびしい御《ご》法度《はっと》とされている。

伊織は頷き、苦しげな顔で言った。

「どこの国の者なのか……死罪覚悟でなければ出来ぬ所業だ」

三

伊織が、再び深川の岡場所に立ったのは、数日後のことだった。

櫓下の小さな店の煮込みうどんを一緒に食べた、あのおふくからだるま屋に連絡があったのである。

おふくの使いは、津の国屋のおみさという十二、三の女中だった。

おみさは、口移しに覚えて来た伝言を、本を読むような調子でお藤に伝えたのである。

「おふく姉さんからの伝言です。伍助さんが捜していたおちよさんが、今年になってから、すぐ近くの横櫓と呼ばれる岡場所の『笹屋《ささや》』さんに、どこからか住み替えとなって抱えられているということです。おふく姉さんは勝手に宿から出られません。それに、伍助さんの住まいは、浜町堀の千鳥橋《ちどりばし》近くだと聞いていますが、しかとはわかりません。ですから、秋月様によろしくお願いしたい……と、おふく姉さんは言っていました」

おみさという娘は一気に告げると、

「ふう……」

ほっとしたのか、溜め息をついた。

深川からこの御成道まで、ずっと復唱しながらやって来たに違いなかった。

「わかりました。もうすぐ秋月様もこちらに参られますからね。お伝えしておきます」

お藤はそう言うと、おみさに菓子餅を出してやった。

「ここでお上がりなさい」

茶も添えておみさに勧めた。

「ありがとうございます」

おみさはぺこりと頭を下げると、その菓子餅を美味しそうに頬ばった。岡場所に奉公しているとはいえ、まだ小娘である。

お藤は、菓子餅をむさぼる無邪気なおみさの姿を見て、切なくなったと、これは後から駆けつけた伊織と長吉に漏らしたのである。

「伊織様、伍助の住家捜しは、あっしにお任せ下さい」

長吉が伍助捜しを引き受けてくれたことで、伊織の方は、おちよに会いに深川にやって来たのであった。

「おちよ、ああ、小さんのことだね」

笹屋の女将は、伊織がおちよに会いたいと告げると、

「うちはお金さえ頂ければ結構だけど、妙な入れ知恵はしないで下さいね」

切れ長の目で釘を刺した。

「どういうことだね」

伊織はむっとした。

「ここを抜け出せとかなんとか、無責任なこと言わないでくださいまし。そう申し上げているんですよ。旦那は話をしたいだけなんだ……そうおっしゃったでございましょ」

「そんな話で来たのではない」

「いえね、あの子は、本所弁天《べんてん》から住み替えでこちらに来たんですが、なぜそんなことになったのか……向こうで逃げ出そうとしたからなんですよ。住み替えをするたんびに格下の宿に移される。しかも借金はかさみますから、あの子のためには少しも得にはならないんですよ。ですからね、馬鹿なこと考えずに、せっせと稼いで、年季の明けるのを待つようにしないとね」

私はこれでも老婆心で言っているのだと、女将は言った。

「安心しろ。そんな相談で来たのではない」

伊織がもう一度否定すると、女将はにこっと笑って、

「ごめんなさいね。余計なことをいっちゃって」

すぐに女中に言いつけて、二階の一室に案内してくれた。

「小さん、お前は、おちよという名だな」

伊織は、部屋に入るなり、緋色の長襦袢をしどけなく着て出迎えた女に言った。

女はびっくりした顔で伊織を見返したが、こっくりと頷いた。

おちよは、丸顔の、美人というのではないが、口元の愛らしい女だった。

「でも旦那は、どうして昔のあたしの名を？」

「伍助という男から聞いたのだ」

「伍助さん……」

「そうだ伍助だ。おちよ、お前は伍助という男を知っているな」

「知っているもなにも……」

おちよは、びっくりした目で伊織を見た。

酌をしていた手が止まっている。

「おちよ、実はな……」

伊織が掻い摘まんで、伍助を助けた日の話をすると、

「伍助さんが、この私を捜している……」

おちよは、切ない目で伊織に聞き返した。

伊織は、おちよのその目をとらえたまま、頷いた。

今にも涙がこぼれそうに見えたおちよの眼は、しばらくまばたきを繰り返したが、やがて血の気が引いていくような顔をつくって、何かをふっきるような口調で言った。

「でも、今更どうしようもありません。私は昔のおちよではありません。伍助さんと一緒になるのを夢見ていたおちよではありません。今の私は、人並みの暮らしなど望んではおりません」

「おちよ」

「女郎になった時に、なにもかも……そう、なにもかも、すっぱりと諦めました。私をいま支えているのは家族です。私がこの深川に売られてきたことで、おっかさんや、兄ちゃんや、弟や妹の暮らしが少しでも良くなったんだと、そう思うことが救いなんです、あたし……」

おちよは苦笑してみせた。

自分を犠牲にして家族を救う……その一念がおちよを支えているのだという言葉は、伊織の胸を刺した。

「………」

「旦那、あたしのうちはね、あたしを入れて兄弟は四人なんですよ。でも、おとっつぁんは五年前に死んじまって、兄ちゃんがおとっつぁんのかわりになって頑張ってくれてたんだけど、不作で年貢が払えない年が三年も続いてさ……借金に借金を重ねて、にっちもさっちもいかなくなったんですよ。そんな折、深川の岡場所なら十五両は出してくれるなどと言ってくれる人がいてね、それでここに来たんです。だから、おちよはね、ここに来た日に死にました。私はおちよではなくて小さんです」

「伍助には会いたくないのだな」

「会ったって仕方がないじゃありませんか。伍助さんに伝えて下さい。無駄骨折らずに畳職人として腕を磨いて下さいと……そして、そして似合いのお人と所帯を持って下さいって……」

おちよは、髪に挿していた柘植《つげ》の櫛《くし》を引き抜くと、伊織の膝前に置いた。

「これ、昔ね、伍助さんが私にって作ってくれたものなんです」

「ほう……」

「夫婦になろうと言ってくれた時、その印としてこれを……」

おちよは、遠くの記憶を呼び寄せるような眼で言った。

「伍助さん、兄ちゃんにせっつかれてこの櫛つくったんですよ。だからこんなに櫛の歯も不揃いで……」

櫛はいかにも手慣れぬ者の手でつくったというのが、一目でわかる代物だった。お世辞にも美しい櫛だなどと言える品ではなかった。

だがおちよは、ずっと大切に使ってきたようで、髪油が適度に染み込み、使い込んだ光沢があった。

「旦那、お願いがあります。今度伍助さんに会う時に、この櫛を返してやってくれませんか」

「伍助に返す……なぜだね、どういうことだ」

「兄ちゃんと伍助さんは村でも一番仲がよくて、伍助、与助《よすけ》って呼び合っていつも一緒だったんです。伍助さんのお嫁さんになるのは、うちの兄ちゃんの願いでもあったのです。でも、今更です。今更、こんな物持っていると、どっちつかずになっちまう。そうでしょ旦那。捨てるのは申し訳ないし、かといって使い続けるのも苦しい。それに伍助さんにとっても良くないもの」

「………」

「だってさ。よその男に抱かれるたびに、伍助さんに見張られてる感じがしてたんだもの……それにね、日本橋の呉服屋さんの手代で蓑吉《みのきち》さんていうお人に、美しい櫛をつくって貰う約束出来てるんです」

「おちよ、無理をするな。女の櫛など、まじまじと見たことはないが、それでもこの櫛を見ると、お前がどれほど大切につかってきたのか俺にだってよくわかる。お前の兄さんの与助の思い、そして伍助の愛情がこの櫛につまっている。お前は、辛いことがあっても、この櫛が手元にあったからこそ乗り切ることが出来たのではないのか。そんな大切な櫛を手放すことはない」

「嫌なんですよわたし……伍助さんの、押しつけがましい愛情が……」

「押しつけがましいだと」

伊織の顔に険しいものが走り抜けた。

「伍助がそんな男でない事は、お前が一番良く知っているではないか」

「………」

「伍助の頭には、お前しかいないのだ」

おちよは、ぷいと横を向いた。おちよには似ても似つかぬ所作だった。精いっぱいの強がりなのは明らかだった。

「おちよ！」

伊織の厳しい声が飛んだ。

「お前が、伍助を拒否すればする程、お前がどれほど伍助を慕っているのか俺にはわかる。悪いことは言わぬ。お互いに心変わりさえしなければ、またということもある」

「………………」

伊織は、おちよの手をとって、柘植の櫛を、その掌に握らせた。

櫛を見つめていたおちよの目から、大粒の涙がこぼれ落ちる。

「気持ちが落ち着いたら、一度会ってみろ。よいな」

伊織の言葉に、うなだれた白い首がかすかに動いた。

「伊織の旦那……」

長吉は立ち止まると、視線の先にある裏長屋の一軒を目顔で差した。

裏長屋は、千鳥橋の西袂の町、元浜町にある半兵衛《はんべえ》長屋だった。

家主が半兵衛だったことからそう呼ばれているのだが、表通りには伍助が修業を積んでいる畳屋『伊那屋《いなや》』の店があった。

伍助はこの裏長屋に住み、伊那屋に弟子入りしているのであった。

――おや……。

伊織は、目の鋭い男が長屋の井戸端の影から出てきたのに不審を持った。

男は何食わぬ顔をして、伊織たちの側を通って表通りに出たが、井戸端から長屋の一軒を見張っていたのは確かだった。

長吉と一緒に、伍助の長屋に立った時、伊織ははっとして長屋の木戸の方を振り返った。

先ほど行き違った男は、この伍助の家を見張っていたのだと、確信したのである。

――なぜ、伍助を見張る者がいるのだ。

ちらとそんな事を考えながら、

「伍助、いるか。秋月だ」

伊織は戸口から声をかけた。

「これは秋月様。あの折はありがとうございやした」

伍助は伊織たちを招き入れると、いの一番に頭を下げた。

「誰か、客か」

伊織は部屋の奥の衝立《ついたて》の向こうに人の気配を感じて、伍助に聞いた。

「いえ」

伍助は即座に首を横に振って否定したが、その目は狼狽していたのである。

「うむ……」

伊織は上がり框に腰をかけると、伍助に顔を向けた。

「他でもない。おちよが見つかったぞ」

「えっ」

伍助は、驚くのと同時に、衝立の方をちらと見た。衝立ての向こうを気にしているらしかった。だがすぐに顔を戻すと、

「おちよちゃんはどこにいたんですか」

「横櫓の笹屋だ」

「笹屋……」

「お前から貰ったという柘植の櫛を大切に持っていたぞ」

「おちよちゃんが……」

「おちよはな、お前をずっと慕いながら、一方で、お前への想いを断ち切らなくてはと考えているようだ。お前の女房にはなれなかったが、ただ一つ、自分のこの身を売ることで、おっかさんや兄さんや、弟や妹が、少しでも暮らしがよくなれば、それが今の唯一の支えだとも言っていたぞ」

「うう……おちよ」

突然、衝立の後ろで泣き崩れた男の声がした。

あっと伊織の顔を見た伍助は、

「申し訳ありやせん。おちよちゃんの兄の与助が役人に追われてここに……」

不安な顔で伊織に言った。

「何、おちよの兄の与助……どういうことだ」

伊織の方があっけにとられた。

「与助」

伍助が奥に向かって声をかけると、顔をくしゃくしゃにした与助と呼ばれた男が出てきた。やせてはいるが、黒く陽焼けした顔をしていた。

「お前……！」

伊織は、驚いて見た。

底光りするような、その男の眼をどこかで見ていた。

それもその筈、三日前の夜、郡代の屋敷の塀で助けた、あの百姓に似ていると思ったのだ。

与助もびっくりして、

「お武家様……」

驚愕の声を上げた。

「そうか、あれはお前だったのか」

「へい。実はあっしたち村の者は、岩鼻代官所の勝本《かつもと》様を勘定奉行様に訴えに参ったのでございます」

「それでわかった。お前たちが襲われていた理由も、さきほどこの長屋の外で、見張っていたうろんな男のいたことも……」

「表にうろんな男が？」

与助は恐ろしげな顔をした。

長吉はすぐに戸口の戸を開けると、不審な者がいないかどうか確かめた後、また土間に入って来た。

「大丈夫です」

伊織の耳元に囁《ささや》く。

「秋月様、重ね重ねお願いをして申し訳ありやせんが、この与助をここからどこぞに逃がしてやって頂けないでしょうか」

伍助は両手をついた。

「越訴はご法度だ。秋月様、それに手を貸したとなると、お立ち場上困ったことになるやもしれませんぜ」

長吉が横合いから釘を刺すように言った。

助けてやりたいという気持ちは、長吉にだってある。

だが伊織は、仮にも御目付の弟である。

目の前の、伍助や与助には言えないが、軽々しく御法に触れることに手を染めることだけは、伊織に限ってはしてはならないという気持ちだったのである。

しかし、伍助はそんな事を知るよしもない。

「お願いでございます。ここで与助は捕まる訳にはいかないのです。国では皆帰りを待っているのでございます。訴えが認められなければ、村には餓死する者がたくさん出るのです」

伍助は必死に訴えた。

伊織が返事を返す間もなく、与助がその後を継いだ。

「あっしたちは、無茶をお願いに来たのではございやせん。せめて、村の者たちが飢え死にしねえようにと、それをお願いに来たのでございやす」

与助の話によれば、お国は岩鼻代官所の支配だが、うち続く不作で百姓たちは塗炭《とたん》の苦しみにあえいでいる。

それというのも、現代官勝本治兵衛《じへえ》に代替わりした途端、年貢の高が上がったのだというのであった。

「勝本様は、前のお代官田村《たむら》様が、新田や欠地や山の斜面など、まっとうな作物の出来ない土地には税をかけなかったところまで、年貢の対象と致しました。加えて不作続きです。うちの家でもご存じの通り、一年前におちよを岡場所に出しましたが、娘のいる家はみな同じようなありさまです」

それでも規定の年貢を納めようと努力して、自分たちが盆暮れだけに食する米まで俵に入れたが、勝本代官は米の質が悪いと言い、俵を小刀で切り裂いたのである。

米は土の上にこぼれ落ちた。

百姓たちは、泣く泣くその米を拾ったのである。

「ところが勝本様は、泣く泣く米を拾うなど見苦しいと申されて、村の若い者二人が牢屋に入れられました。二人を牢屋から出すようにみな揃って代官屋敷におしよせましたが、まもなく、その二人が二人とも死体となって牢屋から出されました。体に、数え切れないほどの鞭の傷がありました。二人は拷問で殺されたのでございます。私たち百姓は、近頃ではお蚕《かいこ》も飼い始めました。こうその栽培もして冬は紙を漉《す》きます。でも、年貢が高すぎて暮らしていけないのでございます」

「いつ江戸に出てきたのだ」

「へい。もう半月近くになりやす。名主が三人、それにあっしたち若い者が三人、六人が参りました。同じ宿では見つかった時に一網打尽になりますから、皆ばらばらに宿を変えて泊まっておりやす。村の金も底をついて参りやした。それにもう、二人も殺されました。代官所の手配が張り巡らされていて、訴えを起こそうにも、勘定奉行様のお屋敷の前には、見張りがついているんです。せめて、あと二日、捕まらなければ……」

「二日……何か手立てはあるのか」

「へい。勘定奉行の津島大和守《つしまやまとのかみ》様が、二日後に安徳寺《あんとくじ》で行われますお茶会に出席するのだと聞きました。その道中を待ちかまえて越訴しようと……」

「………」

「ですから、あと二日、命を長らえられれば……」

「与助といったな」

「へい」

「お前は、妹のおちよを売り、自身も越訴で命をとられれば、家は立ち行かぬのではないのか。それでも訴えると申すのか」

「お武家様。家の方は弟がおりやす。まだ十五でございますが、よくよく言い聞かせて参りやした。いえ、それよりも、村を救うためには誰かがやらなければならない事です。そうでなければ、みな枕を並べて飢えて死ぬほかないのでございます」

与助は、血の滲《にじ》み出たのかと思えるような、憤りで真っ赤に染まった目を向けた。

しばらく、きりきりとした沈黙が続いた。

腕を組んで考えていた伊織が言った。

「わかった。手を貸そう」

「秋月様……」

伍助も感きわまって、額を畳にすりつけた。

「しかし、ここから逃げても、行く当てはあるのか」

「夜陰に紛れて過ごします」

与助が苦し紛れに言った時、

「伊織様、二日ほどのことでしたら、あっしの家で預かりやす」

口を挟んだのは長吉だった。

「いいのか、長吉」

「伊織様、伊織様が手助けするというのに、あっしが黙って見ていられる訳がございません。あっしはこの仕事を始めました時から、どこまでも伊織様についていくと、そう決心しておりやす」

長吉は、力強く言った。

「いいか、お前は長吉から離れるんじゃないぞ」

伊織は与助に厳しく言い聞かせると、長吉と二人で与助を前後に挟むようにして、伍助の長屋を出た。

四

日はとっぷりと暮れている。

千鳥橋まで一気に足早でたどりつくと、浜町堀の両端に植えられている柳の木が、青々と緑の芽をつけて揺れているのが、川筋の商家の軒行灯に照らされて見えた。

千鳥橋を渡って東に下りて、堀伝いに通塩町《とおりしおちょう》まで出る。そこからまっすぐ柳橋まで走れば長吉の店にたどり着く。

だが伊織は、通塩町まで行かず、汐見橋《しおみばし》から右に折れた。

万が一尾けられているかもしれないと思ったのである。

「長吉、遠回りになるが、いったん薬研堀《やげんぼり》に出て、そこから米沢町の横丁を抜け、両国に出て、人の波を隠れ蓑にして、一気に店に走れ」

浜町堀を歩きながら長吉に言った。

長吉の顔に緊張が走った。

伊織に頷く間もなく、人の気配を感じたからである。

「伊織様……」

「うむ……殺気だ……一人……二人……」

伊織は平然と歩きながら、殺気を放って来る人の数を読む。

「奴等は俺が始末する。いいな」

伊織が長吉に注意を促したその刹那、汐見橋の西側から、風のように走って来る影二つを見た。

「走れ！」

伊織は長吉に叫ぶや、右に折れていった二人の行く手を阻《はば》むように、影を迎えた。

「退け！」

影の一つが叫びながら、伊織に一撃をくれた。

「うむ」

伊織は抜き放った刀で、この斬撃を躱《かわ》し、後ろに飛んで間合いを取った。

正眼に構えて、橋の袂に並んだ二人を、じっと見る。

二人は、黒い布ですっぽりと、頭から頬にかけて覆っていた。

「出来るぞ、こ奴」

一撃を躱された影が呟いた。

「何をしている。逃げられるぞ」

もう一人の影が叫んだ。

叫んだが動けぬ影……じりじりと伊織は背後を気にしながら、二人との間合いを詰めていく。

すると、影二人が頷きあって、ぱっと両脇に散った。

隙を見て、どちらかが、長吉たちが走って行った路に飛び込もうとしているのである。

伊織は、視線を間断《かんだん》なく左右に走らせながら、左にほんの少し、足を滑らせた。

右の影を誘うためである。

――来た。

右の影が、誘いに乗って走り込んできた。

伊織は、その一瞬をとらえて、右の影を打った。

「うわっ」

顔面わずか紙一重のところで伊織の剣を躱した影は、思わず後ろにのけ反った。

だが、弓なりになったその体を起こそうとした影に、伊織の剣が下から薙《な》ぐように腹を斬り上げた。

影は、あっと口を開けたまま、ずるずると下に落ちた。

きらりともう一人の影を見た。

もう一人の影は、脇構えで睨んでいる。

「うむ……」

伊織は、少しずつ間合いを詰めながら、しかもその手元を静かに上げて、相手の攻撃を誘った。

――来るか……逃げるか。

ふうっと息を吐いたその瞬間、もう一人の影は剣を振りかぶった。

刹那、影は伊織の肩を狙って振り下ろしてきた。

伊織は素早くこれを躱し、左前半身となりながら、相手の右手首を切った。

手応えがあった。

八双に構えた影の腕から、とろりとした血が流れ落ちる。

「命が惜しくば去れ」

正眼に構えた伊織が言った。

「覚えておけ」

影は、捨て台詞《ぜりふ》を残すと、汐見橋をかけて西の袂に下りた。

伊織は、先程斬った影に走り寄った。

「おい……」

声をかけたが、すでに事切れていた。


「いや、私がつまらぬ見届けをお願いしたばかりに、たいへんなことになりましたな、伊織様」

だるま屋の吉蔵は、伊織から昨夜《ゆうべ》の事件を聞くと、苦渋の顔をつくって見せた。

今日は殊の外風が強い。

御成道は風の道かと思われるほど、砂が舞い上がっていた。

さすがの吉蔵も、目を開けてはいられない程である。

片目を開け、今度はもう片目を開けなどして、

「まっ、ここではなんでございますから……」

余程気になったのか、素麺箱を両手で押さえると、よっこらしょっと声を上げて立ち、

「文七！」

店の中に向かって呼んだ。

「へい」

なにごとかと、きょとんとして出てきた文七に、

「伊織様と話があります。その間、店の中に……全部中に入れておきなさい」

店先に広げている商売道具一式を差した。

そうして、店の奥に伊織と入った。

改めて向き合うと、

「他に打つ手はなかったのでございますか」

困惑の顔を伊織に向けた。

「咄嗟のことだ。命を狙われている若者を見て、知らぬ顔は出来なかったのだ」

「しかしです。相手はこれから越訴を企てている輩です。越訴は罪に問われます。伊織様は、その罪人に手を貸したことになります」

「吉蔵、お前が俺ならどうする……放ってはおけまい。もしも、俺と長吉が手を

貸さなくても、与助以下村の者たちは越訴をするに決まっている。あの者たちにしてみれば、命を賭けた戦いなのだ」

「おっしゃることは良くわかります。私が伊織様でもそうしたでしょう。いくら冷静に物事を見届けて記録していくといってもです、人の不幸を喜んでいる訳ではございません。私たちの知恵で誰かが助かるのなら、そうしてやりたいと思うでしょう。しかし伊織様、伊織様は部屋住みとは申されても、今をときめく上席の御目付役様の弟御でございます。無茶をすれば、事はあなた様ばかりの問題ではなくなります。殿様の進退にかかわる問題となります。私はそれを案じているのです」

「吉蔵、そのことならいいのだ」

「はて、なぜでございますか」

「俺は家を出て来たぞ」

伊織は、抱えてきた風呂敷包みを、ちらと見せた。

「家を出て来た……まことでございますか」

丸い目を、ますます丸くした吉蔵に、

「うそなものか。この風呂敷包みには、少々の着替えと、髭剃りの剃刀《かみそり》が入っている」

「…………」

開いた口がふさがらない吉蔵である。

「それだけではないぞ。秋月家から勘当するように兄に伝えてくれと、嫂《あによめ》に頼んで来たのだ」

「伊織様……」

「つまり、俺はもう秋月家の人間ではない。関係ないのだ」

「無茶なことを……殿様が許される筈がありません。この吉蔵の首も、これで風前の灯です。くわばらくわばら」

吉蔵は、真っ青になった。

「案じるな。こうするより他になかった。吉蔵、そのうちどこか適当な裏店を探すが、それまでこの家に置いてくれ」

吉蔵は、激しく首を横に振った。

「越訴をする人間をかばったことでお咎めを受けるのなら受けて立ちます。しかしです。秋月家にもしものことがあったら、私は生きてはいられません」

「おじさま、少しの間なら、よろしいではありませんか」

いつの間に側に座っていたのやら、お藤が茶を淹れながら、吉蔵に言った。

「せめて、その人たちの訴えが受理されれば……そうでございましょ、伊織様」

「そういう事だ。こうなったからには、出来る手助けはしてやりたいのだ」

伊織が虚空をとらえた時、

「伊織様……」

長吉が入って来た。長吉は苦々しげな顔をしていた。

「どうした。与助たちの越訴の手筈は抜かりないか」

「それが……越訴は失敗におわりました」

「何……今夜ではなかったのか」

「お茶会はお昼の茶会でございやした」

長吉は、苦々しげに言った。

一晩を長吉の家で過ごした与助は、朝早く馬喰町の旅籠屋に向かった。

『武蔵屋《むさしや》』という旅籠に、岩鼻三十六ヵ村の名主の筆頭が滞在していたからである。

生き残っている者四人、二人は名主、二人は村の若者で、そのうちの一人が与助ということになる。

そこで与助たちは、茶会は昼だと知らされたのである。こうなったら、人目をはばかって夜陰に乗じてなどとは言っていられなかった。昼の茶事が行われるのは新堀川《にいほりがわ》沿いにある月心寺《げっしんじ》、四人は青竹に訴状を挟んで、堀端の道で勘定奉行を待っていた。

ところがそこに現れたのは、代官所の役人だった。久野《くの》という手代が、足軽中間を引き連れてやって来た。陰から見届けをしていた長吉の前で、与助を除いた三人が、あっという間に捕まったのである。

「与助は逃げたのか」

伊織が聞いた。

「はい……しかしもう、一人ではどうしようもこうしようも、手立ては見つからないのではと思っておりやす」

「まさか、伍助のところに逃げ込むことはあるまい」

「はい。もうとっくにあの場所は知れてますので」

二人は、顔を見合わせると、溜め息をついた。

その時である。

「あははは、酷い風だが、吉蔵、見届けたぞ、関所破りの三人の女たちを」

弦之助が入って来た。

弦之助は、伊織と長吉が苦しげな顔をしているのもお構いなしに、自分の手柄をまくしたてた。

「俺の昔の敵娼《あいかた》に頼んでおいたのだ。長崎なまりのある女がいるのじゃないかと……すると、どうだ。その女がいうのには、先月まで常磐町の岡場所にいたにはいたんだが、お役人に見つかって、長崎に帰されたということだ……」

弦之助は報告したあと、ようやく部屋の空気を察したらしく、

「何だ……おい、伊織、どうしたのだ」

きょとんとした顔を向けた。

五

「兄さんがこの江戸に……」

小さんことおちよは、伊織の話を聞いて絶句した。

宿から一歩も動けぬおちよに、兄の逃亡を告げるのは不安をかきたてるだけか

も知れぬ……伊織は思案を重ねたが、意を決して再び笹屋にやって来た。

事件が事件だけに、最初は二の足を踏んでいた吉蔵も、なぜ越訴に走ったのかというその理由を伊織から聞くと、もはや他人事《ひとごと》として、冷静にお記録すればいいとは思えなくなったようだ。

「これも、私が皆さんに余計な見届けをお願いしたことで関わりになった事件と思えば、もはや放って置く訳には参りません。お手数ですが、みなさん、与助さんを捜して下さい。お願いします」

吉蔵は神妙な顔で、伊織に、弦之助に、そして長吉を見て言った。

「しかし吉蔵、与助を見つけたとして、その後どうする。お上に突き出すのか、それともここに匿うのか……」

弦之助が、苦い顔をして言った。

「むろん匿います。間違っても、お上に突き出したりなぞ致しません。この吉蔵とて、ただ単に、世の中の出来事をお記録してばかりいるのではございません。人の情は持っているつもりでございます」

吉蔵は、きっぱりと言ったのである。

酒をひとときも手放せず、その酔いに任せて酔狂にも、世の中の出来事を書き連ね、その上、身銭を切ってまで人を雇って見届けをさせている一見好き者ともみえる吉蔵が、今までに見せたことのない強い決意だった。

だから伊織はここに来た。

伊織は、切羽詰まった与助が最後に立ち寄る場所は、この笹屋の、妹のところしかないのではないか……そう考えたからである。

「まさか……まさか村がそんな状態になってるなんて、思ってもみませんでした」

おちよは哀しげな顔をして言った。

「ここには与助は、まだ来ていないんだな」

「ええ……あの、ここに来るって、兄ちゃん言っていたんでしょうか」

「いや、俺がそう思ったのだ。さきほども話した通り、与助の友人、伍助の長屋は相手にすでに知れている。伍助の家は見張られているに違いないのだ。他にはこの江戸で知り合いもいない。最後はここにやって来るのではないかとな」

「………」

「二人が殺され、三人が捕まった。残ったのは与助一人だが、まさか、すごすごと国に帰ることは、あの与助ならできぬ筈」

「ええ。兄ちゃんはきっと、一人でも、もう一度越訴に出ると思います。一度決めたらやり通す。それが兄ちゃんの性格です」

おちよは立ち上がると、緋色の襟を掻き合わせながら窓の戸を開けた。

思いもよらなかった村の窮状を聞き、息苦しくなったようだ。

「あっ」

おちよが窓を開けた途端、突風に見舞われた。

春疾風《はるはやて》だった。

見開いていた双眸に、砂が飛び込んで来るほどの強風だった。

おちよは、ぴしゃりと戸を閉めて、不安な顔で伊織を見た。

「秋月様……」

「案ずるな。風も吹けば雨も降る」

「……………」

「だが、必ず穏やかな晴れた日が訪れる筈だ」

「……………」

おちよは、伊織の言葉にすがるように頷いていた。

その時である。

「ごめんなさいまし」

年配の女中が廊下から声をかけてきた。

「小さん姉さん、いま下に、おちよちゃんに会わせてくれって伍助さんという人がみえてます」

「伍助さんが……」

おちよは、驚いた顔で伊織を見た。

伊織が頷くと、おちよは襦袢の裾を持ち上げて、弾かれたように階下に走った。

伊織もおちよの後を追う。

「おちよちゃん！」

「伍助さん！」

伊織が階下におりると、二人は宿の玄関で手を取り合って見詰めあっていた。

「伍助……」

伊織が近づく。

「これは秋月様、ようやくおちよちゃんに会えました。ありがとうございます」

「上にあがれ。おちよもそうしろ」

「いえ、あっしはここで……秋月様、仔細は長吉親分からお聞きしやした。無二の親友を放ってはおけません。これから与助を捜しにいきやす。与助を捜して、二人で越訴をするつもりです」

「伍助さん……」

「おちよちゃん、そういう事だ。それで、もしもの時にはと思ってな、おめえに渡しておきてえものがある」

伍助は、懐から手ぬぐいに包んだ物を出し、おちよの手に握らせた。ずしりと重そうである。

おちよは、膝の上で包みを開いた。

縄に通した銭やら銀の小粒やら、とりどり混じったお金だった。

「これは……」

「この江戸に来てためた金だ。十両近くある」

「伍助……」

伊織も包みの中を覗いて驚き、伍助の顔を見た。

「秋月様、お願いでございます。この金でなんとか、おちよちゃんを身請けしてやって頂けませんでしょうか」

「伍助さん……ありがと……」

おちよは、感きわまって泣き崩れた。

「まあ待て伍助、おちよを身請けする話は別として、この広い江戸でどうやって与助を捜すのだ」

「歩けなくなるまで捜しやす。秋月様、あっしが生れ育った村が死にかけているんです。一番の親友の命もあぶねえ、じっとはしていられねえんです。同じ村から出た人間として、村のために役に立ちたいのでございやす」

「気持ちはわかるが、やみくもに動くよりここで待て……与助はきっと、このおちよに会いに来る」

「秋月様」

「きっとな……」

伊織は伍助に、頷いてみせた。


おちよを不安にさせた春疾風が、夕刻近くになって雨を伴い、煙るように深川一帯に垂れこめた時、傘もささずに猪口橋に立った者がいる。

その者は、始終辺りに注意深く視線を走らせていた。

女郎宿笹屋の前に立ち止まると、しばらくそこで、行ったり来たりして、二階の窓をそっと陰から見詰めたりしていたが、やがて思い切ったように戸を開けて入って行った。

「すまねえが、この宿におちよという名の娘がいる筈だ。四半刻でいい、会わしてくれねえか。俺は兄の与助という者だ」

与助が店の上がり框で名を告げるや、

「兄ちゃん……」

二階の段梯子から、おちよが身を乗り出すようにして呼んだ。

「おちよ」

「兄ちゃん、早く」

おちよは、転げるように下りてきて、与助を帳場の裏の布団部屋に誘った。

もしもおちよの兄がやって来た時には、ほんのしばらくでいい、会う時間を作ってやってくれと伊織が女将に相応の銭を払って頼んでいた。

「おちよ、すまねえ」

与助は布団部屋に入るとすぐに、おちよに詫びた。

おちよは、母の安否や村の様子を聞いていたが、だるま屋の秋月という侍が、伍助との再会がなるよう尽力してくれたのだと告げた。

しかもその伍助は、自分のために十両近くの金をつくってくれていたし、つい先刻、ここに現れて、兄ちゃんと一緒に村のために尽くしたいと言っていたことも告げた。

「伍助が……ありがてえ。一人がおとりになれば、越訴はしやすくなる」

「兄ちゃん」

「おちよ、今度こそうまく行く。決行は明日の夜だ。勘定奉行様が評定所にお出ましになる日だ。呉服橋で……」

越訴をするのだと、後は言葉を呑んだ。

「駄目よ兄ちゃん、今度こそ兄ちゃんもつかまっちまう」

「大丈夫だ、おちよ」

「兄ちゃん、死んじゃ嫌だ。だからもう……」

「だからどうするんだ……おちよ、名主の善兵衛《ぜんべえ》さんも富蔵《とみぞう》叔父も捕まったんだ。隣村の名主の倉次郎《くらじろう》さんも……そうだ、お前の幼馴染みの松之助《まつのすけ》と勘兵衛とっつぁんは斬り殺されたんだぞ」

「兄ちゃん……」

「今日ここに来たのは他でもねえ。頼りねえ兄ちゃんだったばっかりに、こんな所に来ることになって許してくれ。それと、それとも、ここを出られるようなことがあったら、おっかさんを頼む」

「兄ちゃん……」

「今から伍助の長屋に行ってみる。おめえにはすまねえが、伍助には手伝ってもらうぜ、おちよ」

行かないで、死なないでと縋りたいおちよだが、兄の言葉に逆らうことは出来なかった。

「達者でくらしてくれ」

与助は、うなだれているおちよを置いて、外に出た。

だが、踏み出そうとしたその面前に、ふらりと現れた者がいる。

「お武家様……」

「与助だな」

与助の前に現れたのは、伊織だった。

「与助……」

その後ろから、伍助が走り出て来た。

「伍助！」

与助は、思いがけない二人の出現に、目を白黒させて見た。

六

新堀川沿いにある『妙蓮寺《みようれんじ》』の境内《けいだい》は、静かに暮れようとしていた。

庫裏《くり》から修行中の若い僧が二人出てきた。

二人の僧は、手燭《てしよく》を片手に持っていて、その火をもう一方の手で包むようにして、静かに歩んで来る。

二人は本堂から正門まで続く石畳の両側に建っている幾つかの石灯籠に、ひとつひとつ灯をともして行くのであった。

仄《ほの》かな灯に照らされた寺の庭は、開府当時小堀遠州《こぼりえんしゆう》の助言で作られたのだと言われている庭を照らす。

頃は若葉の季節である。

庭に配した池や石や、山にみたてた木々の配置まで、奥ゆかしく、瑞々しく感じられた。

伊織は先程から、寺の庫裏から本堂に渡る途中にある、小さな部屋で単座していた。

妙蓮寺は、父と母と、そして先祖の墓がある。

墓に参ったその後で、この座敷に上がっている。

小坊主が出してくれた茶は三度、しかしその茶も、茶碗に半分残したままで、もう冷えている。

――来るか……。

伊織は、祈るような思いで座り続けていた。

――来た……。

伊織は、耳朶《じだ》に、廊下を強く踏み締める足音をとらえていた。

「殿様が参られました」

廊下に若い僧が正座をして告げると、荒々しく裾を捌《さば》いて兄の秋月隼人正忠朗が入って来た。

「いったい、何の真似だ」

忠朗は坊主を返すと、伊織に嚙みついた。

「申し訳ございません」

「謝ってすむものではない。先日は華江《はなえ》に秋月家から勘当してくれと言ってみたり、今日は兄のわしをここまで呼び出すとは……気は確かか」

「是非にもお願いしたいことがございまして」

「兄弟の縁を勝手に切っておいて頼みごととは、ずいぶんと虫のいい話よの」

「私自身のことではございませぬ」

「お前は、御成道の吉蔵の手助けをしているようだが、あんな下賤な仕事はやめろ。それなら話を聞いてやってもいいぞ」

苦笑を浮かべて兄は言った。

「私のことではございません。御領地での話でございます」

「何……」

「上野国、岩鼻代官所支配の領民の厳しい暮らしをご存じでしょうか」

「上野国だと」

「はい。みな塗炭の苦しみを味わっております。その実情をお聞き願いたく……」

伊織は、深々と頭を下げた。

「馬鹿なことを……お前がなぜそのようなことに口をはさむ、越訴でもあるまいに……もしも越訴なら、それを手助けしているというのならお前も同罪となる」

「承知……だからこそ、縁を切ってほしいと姉上に申し上げました」

「伊織……」

「はっ」

「この寺は、父と母の眠る寺ぞ」

「だからこそ、この寺で、お願いしとうございます。血の通う御政道《ごせいどう》こそが真の御政道だと言った父上の言葉、私は忘れてはおりません」

「…………」

「また、この世は、ささやかな暮らしをしている者たちで成り立っている。その者たちの心をおろそかにしてはならぬと言った母上の言葉もあります」

「…………」

「せめて、春の夜を惜しむこの夜に、草木の声をお聞き願いとう存じます」

伊織は言い、すっくと立つと、裏庭の戸を開けた。

「これは……」

忠朗が驚愕して見る裏庭の片隅に、二人の若い男が平伏していた。

懐に越訴の書状を挟んだ与助と、側の男は伍助であった。

「この者たちの仲間は幾人かが殺され、あるいは捕まっております。これ以上、この現状を放置すれば、同じように苦しみを抱えている各地の百姓たちも黙ってはおりませぬ」

「伊織！」

激怒した忠朗が、立ったまま、伊織を見下ろしている。怒り心頭といったところか、額に無数に走る血管の筋が見えた。

「兄上、これは、一代官所の話ではございませせぬぞ」

二人は睨み合った。

睨み合ううちに、伊織は子供の頃の一齣《ひとこま》を思い出していた。あの時伊織は睨み合いに負けて泣いた。すると、

「忠朗、あなたは兄ではありませぬか」

母の厳しい声が飛んできて、今度は兄が泣いた。

二人は睨み合いながら泣いていた。

今また立場を異にする兄と睨み合ったまま昔をかみ締めているのだった。

すると忠朗が、

「ふふふ……」

突然、笑って言った。

「伊織……子供の頃、よくこうして睨み合ったものだな……癖は抜けぬものらし

い」

「はっ」

伊織は兄を見詰めたまま答えた。

「この香りは沈丁花《ちんちょうげ》……伊織、灯を持て、庭にある花を確かめたい」

「ははっ」

伊織は深々と頭を下げた。

途端に胸が痛くなるほど熱くなるのを覚えていた。


「だめだめ、その茶簞笥《ちゃだんす》は静かに運んで下さい……おじさま、邪魔です。おじさまはお店のお留守番をお願いしたじゃありませんか」

お藤のかいがいしい声が響く。

だるま屋お記録本屋の近くにある裏長屋の一軒に、朝からお藤の声が飛び、掃き掃除をしたり、拭いたり、台所のものを運び入れたり、たいへんな騒ぎである。

伊織が突然、この裏長屋に引っ越して来ることになったからである。

長屋の主となる伊織は、屋敷から着替えやら書物やらを運んできただけで、鍋やら釜やら、すべてお藤が用意した。

文七や長吉の女房おときに手伝ってもらって、なんとか形はついたものの、吉蔵が時々顔を出して邪魔になる。

うろうろするだけの吉蔵など、ここにはいらないとばかりに、お藤は吉蔵を追っ払うのであった。

「伊織様も、もうしばらくお待ち下さい」

お藤は、伊織まで家の中から追い出した。

「伊織様、一件落着とほっとしたのも束の間、あのお藤の張り切りようでは、この先、どんなことになっても知りませんよ」

吉蔵は苦笑して、出たり入ったりしている襷姿のお藤を見た。

「よその女子《おなご》の気配などした折には、どんな目にあいますことか……」

「何か覚えがあるようだな」

「はい。まっ、私の場合は、縁が切れてよかったのですが、伊織様など、何もこのような所に引っ越してこられなくても……兄上様のお気持ちも溶けたのでございましょう？」

「さあ、どうだか……」

伊織は、数日前の妙蓮寺の一刻ほどの出来事を、静かに思い出していた。

あの時、兄の忠朗は、与助の話を縁先に腰を下ろして聞き、その上で書状を受け取った。

現在評定所でお裁きが始まったが、捕らえられた者たちは即刻解き放ち、お構いなしになっている。

その、途中の処置を見ただけで、兄の忠朗がどのような尽力をし、采配をふるっているのかわかるというものである。

おちよも十両で伍助に身請けされて、女房となった。

むろん、まだ十両では手放せないという宿の女将を、阿漕《あこぎ》なことをすればこの店も取りつぶしになるぞ、などと伊織が脅し半分の説得をして、おちよは自由の身となったのであった。

あの日、

「秋月様。雨も風もやがて止む。おだやかな日が必ず来るとおっしゃいましたね。私、あの時の、秋月様のあのことばを、ずっと胸の中で復唱していました。ありがとうございます」

おちよは言った。

側におふくがいて、おちよの幸せを喜んでくれていた。

「おふく、おまえも一刻も早くここから出られることを祈っているぞ」

伊織がおふくの心を慮って言った時、おふくは、

「旦那、あたしはね、どこへ行ったって苦界《くがい》はあるって思っているから、ここでいいさ。ここで笑って暮らしてやるって、そう思ってるんだ。旦那、またうどん食べに来ておくれよ。それを楽しみに待っているから」

おふくは明るい声で言ったが、伊織にはおふくの気持ちがわかっていた。

それだけに、忘れられない女だと思い出す。

「伊織様……」

お藤が呼んでいる。

どうやら、部屋の中をみてくれということらしい。

「私は後で参ります。くわばらくわばら……」

吉蔵はすたすたと、表の通りに消えた。

「おい。引っ越しの祝い酒を持ってきたぞ」

入れ替わりに弦之助が酒樽を持ってやって来た。

「土屋様、ほどほどにして下さいませ」

早速、お藤のきびしい声が飛んで来た。

【参考文献】

『近世庶民生活史料　藤岡屋日記』鈴木棠三・小池章太郎編／三一書房
『江戸巷談　藤岡屋ばなし』鈴木棠三著／筑摩書房

コスミック・時代文庫

春《はる》疾風《はやて》
見届け人秋月伊織事件帖【二】

2024年10月25日　初版発行

【著 者】
藤原《ふじわら》緋《ひ》沙《さ》子《こ》

【発行者】
佐藤広野

【発 行】
株式会社コスミック出版
〒154-0002 東京都世田谷区下馬6-15-4
代表　TEL.03(5432)7081
営業　TEL.03(5432)7084
　　　FAX.03(5432)7088
編集　TEL.03(5432)7086
　　　FAX.03(5432)7090
【ホームページ】
https://www.cosmicpub.com/

【振替口座】
00110-8-611382

【印刷／製本】
中央精版印刷株式会社

乱丁・落丁本は、小社へ直接お送り下さい。郵送料小社負担にて
お取り替え致します。定価はカバーに表示してあります。

© 2024 Hisako Fujiwara
ISBN978-4-7747-6597-6 C0193

COSMIC
時代文庫

藤原緋沙子 コスミック初登場

傑作長編時代小説

噂と喧嘩は江戸の華。
秋月伊織シリーズ、ここに開幕!!

遠花火
見届け人
秋月伊織事件帖【一】

御目付の兄を持つ大身旗本の次男坊・秋月伊織。そんな境遇にも拘わらず、風聞を売り買いする古本屋で、噂話の真相を調べる見届け人だった。鋭い観察眼と剣の腕で、親子の情愛や男女の想いを紐解いていく人情時代小説。

絶賛発売中!

お問い合わせはコスミック出版販売部へ!
TEL 03(5432)7084
https://www.cosmicpub.com/